De donkere trap

Vertaald door Annelies Jorna

Marcus Sedgwick

De donkere trap

Van Goor

De vertaalster ontving voor deze vertaling een werkbeurs
van de Stichting Fonds voor de Letteren.

Voor Pippa

ISBN 90 00 03635 6

NUR 284

Oorspronkelijke titel *Dark Flight Down*
© 2006 Nederlandse vertaling Van Goor en Annelies Jorna
Unieboek BV, postbus 97, 3990 DB Houten

www.van-goor.nl
www.unieboek.nl

omslagillustratie Geoff Taylor
omslagontwerp Steef Liefting
zetwerk binnenwerk Mat-Zet bv

Proloog

Middernacht aan het hof van keizer Frederick III. De hofzaal is verlaten nu het nacht wordt, zonder de gebruikelijke menigte artiesten, clowns, alchemisten, astrologen, artsen, gebedsgenezers, apothekers, edelen, waarzeggers, geestelijken, helderzienden en beoefenaars van de zwarte kunsten.

De keizer is zo te zien helemaal alleen. Hij zit op zijn troon en hij piekert.

Langzaam en loom heft hij een bleke hand op. 'Maxim!' snerpt hij met zijn hoge, akelige stem. 'Goeie goden, Maxim, waar zit je?'

Uit de schaduw achter de troon doemt een lange, indrukwekkende gedaante op, gehuld in een donkerrood gewaad dat door het stof op de marmeren vloer sleept. Maxim, de rechterhand van de keizer, zijn vertrouweling en vraagbaak.

'Sire?' zegt Maxim. Hij is moe, maar hij zorgt dat Frederick het niet merkt. Hij strijkt met zijn hand over zijn kaalgeschoren schedel.

'Daar ben je!' roept Frederick uit, zonder een spoortje warmte in zijn stem. 'Daar ben je.'

'Sire,' zegt Maxim, als altijd bereid om aan de grillen van de keizer tegemoet te komen.

'Maxim, hoeveel jaar heb ik nog te leven?'

Maxim aarzelt even voor hij antwoord geeft. Hij vraagt zich af hoe vaak hij dit onderwerp al met de keizer heeft besproken, en vervolgens, somber, hoe vaak het nog zal moeten gebeuren.

'Sire, we hebben onomstotelijk kunnen vaststellen dat u een eerbiedwaardig hoge leeftijd zult bereiken.' Hij buigt, om het belang van zijn woorden te benadrukken en in de hoop dat Frederick er tevreden mee zal zijn.

'Ja ja,' zegt Frederick, die er allesbehalve tevreden mee is. Hij krabt met een lange, magere vinger langs zijn neus. Huidschilfertjes dwarrelen door het duister van de verlaten hofzaal. 'Maar hoe oud is dat dan, denk je?'

Maxim zucht onmerkbaar. Dit gaat weer lang duren.

'Ach!' zegt hij monter. 'Onze knapste geleerden zijn ervan overtuigd dat u minstens… honderd wordt!'

Frederick blijft een tijdje stil. Maxim begint voetje voor voetje weg te schuifelen.

'En dan?' barst Frederick opeens uit.

Maxim maakt dat hij bij de troon terug komt. 'Tja,' zegt hij. 'Tja! We hebben goede redenen om aan te nemen dat u honderdtwintig wordt. Niemand ziet in waarom dat niet zo zou zijn.'

'Aha. Zo. Honderd… honderdtwintig.'

'Ja, sire,' zegt Maxim en hij overweegt of hij het zal wagen zich nu terug te trekken.

'Maar! Maar wat dan? Wat dan, Maxim? Wat. Dan?'

Maxim is moe en hij zou er een lief ding voor geven om naar zijn kamers boven te kunnen gaan en te slapen, maar hij weet dat hij dat wel kan vergeten. Toch blijft hij zijn vermoeidheid en ergernis angstvallig verbergen.

'Sire, dan zal uwe majesteit wellicht in rust en vrede sterven.' Daar kan hij het mee doen, denkt Maxim, die zijn lange lichaam zo diep mogelijk buigt zonder zijn evenwicht te verliezen.

'Sterven?' jammert Frederick. 'En dan?'

Maxim veert overeind. Hij ergert zich inmiddels blauw aan de stem van de keizer.

'Tja, sire,' zegt hij langzaam en hij richt zijn blik naar het plafond, 'dan volgt er… rouw. Een tijd van groot verdriet in de hele stad. En als de rouw voorbij is, zal het volk... de grote Frederick herdenken en feestvieren. Dan...'

Maxim hapert, want hij kan niets meer verzinnen. Zijn blik glijdt van het plafond omlaag en hij ziet dat de keizer hem kwaad aankijkt.

'Dan wát?'

'Tja, sire, dan wordt het... knallen,' zegt Maxim.

'Knallen?' herhaalt Frederick. 'Wordt het dan knallen? Wat bedoel je in 's hemelsnaam? Een feest? Met vuurwerk? Is dat alles? Kan er niet meer eerbied af voor mijn lange leven?'

Maxim heft zijn hoofd en kijkt de keizer aan, spreidt zijn handen en staat bij wijze van uitzondering met zijn mond vol tanden.

Frederick komt overeind. Ook nu hij staat valt zijn korte, schriele lichaam in het niet bij zijn enorme troon.

Hij wijst naar Maxim.

'Er wordt niet geknald, want ik zal niet sterven! Nooit. Ik ga honderd worden, en dan nog eens honderd, en dan nog eens. Hoor je dat, Maxim? Hoor je dat goed? Ik ben de laatste van de lijn, Maxim, jij weet dat beter dan wie ook. Ik heb geen kinderen, Maxim, geen familie, geen afstammelingen of verre verwanten. Als ik sterf, is de keten verbroken. Dan is het afgelopen. Het keizerrijk zal zonder keizer zijn. Er is maar één oplossing. Ik zal niet sterven! Jij, mijn trouwe dienaar, gaat daarvoor zorgen. Ik sterf niet en jij zorgt daarvoor.'

Maxim aarzelt. De keizer is gek. En hij is ook nog een leugenaar. Sommige dingen kun je niet vergeten, kun je niet zo makkelijk verbergen als Frederick zou willen, maar Maxim heeft het lef niet dat tegen hem te zeggen.

'Maar, sire, ik...'

'Nee, spaar je de moeite. Mijn besluit staat vast. Jij moet een manier vinden om mij onsterfelijk te maken, en als je daar niet in slaagt, is je eigen einde dichterbij dan je denkt. Maak nu dat je wegkomt en roep iemand die me naar bed kan dragen. Je weet niet half hoe slecht het voor me is om de hele dag op die troon te moeten zitten.'

'Nee, sire,' zegt Maxim en hij trekt al aan het schellenkoord voor de bedienden.

'En vergeet het niet! Zoek een manier om mij eeuwig te laten leven. Want anders…'

En Maxim ziet met een vertrouwde steek van angst hoe de oude
keizer een magere vinger langs zijn keel haalt.

'… pieuw!'

De stad

Het oord van duistere herinneringen

1

Die winter vroor het hard in de stad, en hun wereld werd steenkoud en doodstil.

Toen het begon te sneeuwen bleven de mensen binnen en hielden ze zich schuil. Eerst kwamen de woedende sneeuwstormen, die sneeuwvlokken door de smerige straten en tegen de vervallen gebouwen joegen.

Dat was in de laatste dagen van het afgelopen jaar, toen Boy en Wilg door de magiër Valeriaan meegesleurd werden in zijn noodlottige wanhoopspoging in leven te blijven.

Op de vroege ochtend van nieuwjaarsdag bedaarde het natuurgeweld, maar nog dagenlang dwarrelden er zachtjes witte, wollige sneeuwvlokken omlaag die het vuil en de verloedering bedekten.

Zo werd het verval van de oude stad aan het oog onttrokken door een dik pak ongerepte zuiverheid.

De sneeuw bedekte kapotte dakpannen en gebroken schoorstenen, verborg de aanblik van instortende muren en rottende kozijnen en legde avond na avond een nieuw, schoon, zacht wit tapijt in de steegjes, straten, lanen en boulevards.

Het was alsof de sneeuw een poging deed de smerige stad te zuiveren, of in ieder geval het kwaad te bedekken onder een sluier van vergetelheid. Iedere avond werd het oude, het kwade en het wrede weggewist door iets nieuws, zuivers en moois.

Voor die vernieuwing werd wel een zware tol betaald. Het was koud, bitter koud, en de stad bevroor tot diep in de kern en werd doodstil.

En daarmee bevroor er ook iets in Boy.

Er was veel te veel gebeurd in korte tijd.

Valeriaan. Boy kon zijn verwarde gedachten over Valeriaan niet op een rijtje zetten, laat staan dat hij er wijs uit werd. Hij had amper nog gevoel.

Hij worstelde om oorzaak en gevolg te zien en iets te begrijpen van de gebeurtenissen in de dode dagen tegen het einde van het jaar, dat ook het einde had gebracht voor Valeriaan. En behalve Valeriaans dood was er nog die uitspraak van Kepler, vlak voor het einde – de woorden die Boys hersens nog steeds kwelden en waarvan hij niet eens wist of ze waar waren.

Valeriaan zou Boys vader zijn geweest.

Het nieuwe jaar was nog maar net begonnen toen Boys enige troost hem ook nog werd afgenomen.

Wilg.

2

'Kom, jongen. Het is tijd.'

Boy draaide zich even om van het raam waar hij naar de sneeuwbui stond te kijken. Zonder goed te weten waarom, had hij geprobeerd de tocht van elke afzonderlijke sneeuwvlok naar de grond te
volgen. Het was bijna een obsessie geworden. Bij elk vlokje dat viel
werd de duistere verschrikking van de stad weer een beetje meer bedolven. De sneeuw verborg pijn en ellende en verdoofde het geheugen. Als het bleef sneeuwen, verdween de verschrikking misschien
wel voorgoed.

Zijn aandacht gleed weer terug naar de sneeuw.

'Jongen!' zei Kepler in de deuropening. 'We moeten weg.'

Boy draaide zich om naar zijn nieuwe meester. 'Waar naartoe?'

Kepler kwam Boys kamer in. Het was een kleine ruimte, eenvoudig gemeubileerd met een bed, een stoel en een waskom, maar na het
kleine hol waarin hij bij Valeriaan had geslapen leek het een grote
luxe. Boy kon er maar moeilijk aan wennen en hij werd 's nachts vaak
wakker omdat hij zich onbeschermd en kwetsbaar voelde, alsof de
dood hem bedreigde. Maar misschien had dat weinig met zijn nieuwe kamer te maken.

Kepler kwam naast hem staan bij het raam en stak zijn magere
hand naar Boys schouder uit, maar Boy kromp ineen en ontweek
hem. Kepler keek kwaad toen de jongen achteruitdeinsde.

'Naar de begrafenis,' snauwde hij. 'Je wilt toch naar de begrafenis?'

Boy knikte suffig.

'Is het al de vijfde?' vroeg hij, maar Kepler negeerde hem.

'Ik zie je over vijf minuten in de hal,' zei hij en hij vertrok.

Boy stond alweer naar de sneeuw te staren.

Vijf januari. De begrafenis van Korp. Boy kon niet geloven dat er al vijf dagen om waren na Valeriaans dood.

Voor Valeriaan had er ook een begrafenis moeten zijn, dacht Boy. Maar er was niets van hem over om te begraven.

Nog twintig sneeuwvlokken, dacht Boy bij zichzelf, dan ga ik me klaarmaken.

Hij keek naar de grillige dans van een sneeuwvlokje op weg naar de grond, probeerde te raden welke richting het zou nemen, of het de bovenkant van de tuinmuur zou missen of op het laatste nippertje van koers zou veranderen om de halve meter sneeuw op de muur te versterken. Na een poosje liet hij het niet bij voorspellingen, maar wilde hij de reis van een sneeuwvlok beïnvloeden door zich sterk te concentreren op de vrieslucht buiten, al wist hij dat hij zichzelf voor de gek hield met een waanidee.

'Jongen! We moeten weg.'

Boy kon met moeite zijn blik van het raam afwenden. Hij greep zijn jas van de stoelleuning en holde naar de deur.

'Ik kom al!' riep hij. Hij wilde de begrafenis niet missen. Het ging hem niet om Korp, de directeur van het theater waar Valeriaan en Boy hadden opgetreden, die begraven werd. De directeur was een paar dagen voor de verdwijning van Valeriaan vermoord. Boy had de dikke oude man best aardig gevonden en hij wilde hem ook wel de laatste eer bewijzen bij zijn begrafenis, maar dat was voor hem niet de voornaamste reden om te gaan. Hij was de laatste tijd vaker op begraafplaatsen geweest dan hem lief was.

Het ging hem om Wilg. Boy hoopte dat zij er ook zou zijn.

Er waren vijf dagen voorbijgegaan sinds hij haar voor het laatst had gezien, maar die dagen waren voorbijgegleden als in een lange, wazige droom, waarin hij zijn best deed om greep te krijgen op de gebeurtenissen. Hij slaagde er niet in, omdat hij niet helder kon denken en handelen.

Kepler had Wilg weggestuurd.

Nog geen paar uur na Valeriaans dood was Kepler teruggekomen naar de toren van het Gele Huis, waar zij nog in elkaar gekrompen zaten tussen de puinhopen van Valeriaans studeerkamer.

'Voortaan werk je voor mij, jongen,' had hij gezegd. 'Ik heb alles geregeld. Ga naar mijn huis. Wacht daar op me. Wilg, jij gaat met mij mee. Je moet me helpen.'

Maar dat was een truc geweest. Hij had geen ander plan voor Wilg dan haar ergens achter te laten en zonder haar terug te komen.

Boy ging als een razende tegen Kepler tekeer toen hij erachter kwam. Bij Valeriaan was hij altijd timide en bang geweest, maar bij Kepler aarzelde hij geen moment om zijn boosheid te luchten in een schreeuwpartij.

'Haal haar terug!' gilde hij tegen zijn nieuwe meester, die alleen maar langzaam nee stond te schudden. 'Dit kunt u ons niet aandoen! Ik heb alleen Wilg nog maar. Haal haar terug.'

Kepler bleef nee schudden.

'Je hebt het mis, jongen,' zei hij. 'Je hebt mij nu. We zullen elkaar steeds beter leren kennen. Ik heb je nodig en Valeriaan heeft ervoor gezorgd dat je het een en ander hebt geleerd.'

'Waar hebt u me voor nodig?'

Kepler aarzelde. Boy vond het maar niks.

'Je kunt me helpen. Je kunt me helpen met mijn plannen. Op den duur gaan we elkaar wel aardig vinden. Meer hoef je voorlopig niet te weten.'

'Dat wil ik niet…' had Boy gezegd. 'Ik wil alleen Wilg. Zij kan hier toch ook wonen?'

'Zit maar niet over haar in, want het gaat goed met haar,' ging Kepler verder. 'Ze heeft werk en ze zal voor zichzelf kunnen zorgen. Zet haar maar uit je hoofd.'

'Vertel me waar ze is!' hield Boy vol. 'Ik wil naar haar toe!'

Maar hoe Boy ook schreeuwde en tierde, Kepler was onvermurw-
baar en hij liet Boy in zijn nieuwe kamer aan zijn lot over.

Na die uitbarsting had Boy piekerend uit het raam zitten staren.
Hij deed zijn best om dingen te begrijpen waar hij geen touw aan vast
kon knopen. Hoe kon Valeriaan zonder dat hij het wist zijn vader zijn
geweest? En dan Kepler. Waarom wilde die man Wilg uit zijn buurt
houden? Waar had hij Boys hulp bij nodig? Hij was rijk genoeg om
zich tien assistenten te kunnen veroorloven en waarom zou juist híj
dan zo bijzonder zijn?

Het antwoord daarop bleef duister en in de dagen die volgden
raakte Boy gehypnotiseerd door de sneeuw, die onafgebroken viel en
kennelijk van geen ophouden meer wist.

Valeriaan had hem eens verteld dat elk sneeuwvlokje anders was.
Elk vlokje had een eigen structuur en identiteit. Boy ontdekte dat
sneeuwvlokken ook een eigen gedrag vertoonden als ze vielen. Geen
twee vlokken kwamen via eenzelfde patroon neer. Ze waren stuk
voor stuk uniek – net als mensen, bedacht Boy. En als een sneeuwvlokje op de verkeerde plaats neerkwam, op een warm dak of in een
vijver, smolt het meteen en was voorgoed verdwenen. Dan ging het
unieke karakter voor altijd verloren. Boys gedachten gleden terug
naar Valeriaan, naar Wilg.

Geschrokken besefte hij dat hij zich haar gezicht niet precies voor
de geest kon halen, al waren ze nog maar een paar dagen uit elkaar.
Hij groef in zijn geheugen naar de details van haar uiterlijk en voelde zich pas gerust toen hij haar weer duidelijk voor ogen had.

Nu holde hij de trap van Keplers huis af en zag dat zijn nieuwe
meester ongeduldig op hem stond te wachten.

Ze gingen op weg door de besneeuwde stad.

'We blijven niet lang,' zei Kepler korzelig. 'Het vriest weer dat het
kraakt en het is zonde van de tijd om urenlang dood te staan vriezen
op zo'n ellendig kerkhof.'

Boy hield Kepler nu bij. Hij dook op de straathoeken en in steegjes weg voor felle windvlagen en waadde af en toe tot aan zijn knieën
door de sneeuw. Bij elke stap verpletterde Boy de identiteit van dui-

zenden sneeuwvlokken, maar het liet hem koud.

Hij kon alleen maar aan Wilg denken en aan de vraag waarom Kepler hen uit elkaar wilde houden.

Binnen een paar uur na Valeriaans dood was Boy overgeleverd geweest aan Kepler, de man die zogenaamd Valeriaans vriend was. Boy was erachter gekomen dat Kepler in werkelijkheid een gezworen vijand van Valeriaan was, degene die zijn dood over hem had afgeroepen. Het was een bitter verhaal. Hij verlangde naar Wilg, bij wie hij kon voelen dat er ook gezond verstand bestond en dat er iets liefs en zorgzaams in zijn leven was, al kon ook zij de waanzin van de wereld niet verklaren.

Ondanks de roes waarin hij sinds Nieuwjaar leefde merkte Boy dat er nieuwe gevoelens in hem waren gegroeid. Zijn gevoel voor Wilg bijvoorbeeld. Misschien kwam het doordat hij de dingen nu zag zoals ze echt waren, door het besef dat hij eens op een dag zijn leven bij Valeriaan in een ander licht zou zien, door de ontdekking dat het echte probleem van het leven altijd voor je uit lag – in de toekomst, die vol valkuilen was, vol verrassingen en onzekerheden die hij onder ogen zou moeten zien. Hij dacht dat het wel iets te maken zou hebben met ouder worden.

De begrafenis werd gehouden bij de kleine St.-Hilariuskerk in het Kunstenkwartier, niet ver van het oude theater dat na de moord op Korp gesloten was gebleven.

Toen Kepler en hij in de buurt van deze wijk kwamen, schoot Boy iets te binnen waar hij helemaal niet meer aan gedacht had. Hij werd nog steeds gezocht door de stadswacht op verdenking van de moord op Korp. En Wilg werd ook gezocht.

'Wacht!' zei hij tegen Kepler.

'Wat is er, jongen?' vroeg Kepler, die bleef staan. 'We komen nog te laat als het zo doorgaat. Ik had niet in de gaten dat het zo erg was met de sneeuw.'

'De stadswacht. Stel dat ze naar de begrafenis komen… op zoek naar Wilg en mij?'

'Wees maar niet bang,' zei Kepler. 'Ik heb navraag gedaan. Ze verdenken jullie niet meer. Ze denken nu dat Korp door het Fantoom vermoord is. Toen ze de zaken op een rijtje zetten, ontdekten ze overeenkomsten tussen de moord op hem en die op andere slachtoffers. Het buitensporige geweld. Het bloedbad. Niet iets wat jij of Wilg gedaan zou kunnen hebben.'

Boy was maar half gerustgesteld. In zijn ervaring was de stadswacht een zootje onnozelaars, die van het ene op het andere moment alles konden geloven wat in hen opkwam. Maar zolang het betekende dat hij Wilg terug zou zien, moest hij het risico van een arrestatie op de koop toe nemen.

Ze kwamen aan het eind van een smal steegje, dat uitkwam op een klein plein dat de Pomphof heette. Aan de overkant zag Boy de zijgevel van de St.-Hilarius. Het leek alsof het kerkje zo was ontworpen dat het precies in de wirwar van omringende grotere gebouwen paste, maar in werkelijkheid had de kerk er het eerst gestaan. Ze liepen om de muren heen en kwamen bij de kleine begraafplaats achter de kerk. Daar verzamelden zich al mensen bij een gat dat met moeite in de bevroren grond was uitgegraven. Het sneeuwde gestaag door. De plechtigheid ging zo beginnen.

3

Er waren meer mensen naar Korps begrafenis gekomen dan Boy verwacht had. Hij zag veel oude vrienden van het theater terug, de muzikanten, toneelknechten en kleedsters. Hij keek de gezichten langs van alle artiesten en acteurs die afscheid kwamen nemen van hun oude directeur. Hij probeerde te raden wie en wat ze waren, zangers of goochelaars. Misschien was er wel een magiër bij, zoals Valeriaan. Nee, er was maar één Valeriaan. Hij was uniek in zijn soort. Valeriaan, met zijn magie die soms uit niets anders bestond dan toneeltrucs en soms... soms uit iets heel anders.

Vooraan in de menigte zag Boy een oud dametje met een harig hondje aan een riem. Het duurde even voor hij haar herkende als Korps huishoudster. Ze had Korps trouwe hondje, Lily, meegenomen. Daar was ook het slangenmeisje, dat er zonder slang heel gewoontjes uitzag. Het drong nu pas tot Boy door dat haar slang en kostuum haar zo mysterieus en verleidelijk maakten op het toneel. Het was een heel nieuwe kijk, alsof hij opeens kon zien met ogen zo scherp als messen die dwars door verlangens, emoties en hoopvolle dromen heen sneden en de naakte feiten blootlegden. Als je naar iets naars keek, kon het pijn doen en schrijnen. Nu hij Wilg nergens zag tussen de mensen die nog steeds toestroomden voor Korps begrafenis, richtte hij zijn ogen op de lucht en keek hij naar de honderdduizenden sneeuwvlokjes die stil en wollig op het kerkhof neerdaalden.

Nu viel Boy iets anders op. De mensen keken naar hem, stootten elkaar aan en wezen hem met een hoofdknikje aan. Als hij hun blik ontmoette, keken ze snel weg en Boy ving algauw genoeg gefluister op om te weten wat hen bezighield. Valeriaan. Daar stond Valeriaans knechtje, springlevend, in tegenstelling tot de geruchten dat hij en Valeriaan allebei bij een of andere duistere ramp op oudejaarsavond in het Gele Huis waren omgekomen.

'Let niet op ze,' zei Kepler zacht.

Nieuws ging als een lopend vuurtje door de stad, en geruchten en geroddel gingen nog sneller. Ja, Valeriaan was dood, maar dat was niet het hele verhaal. Boy leefde in ieder geval nog. De mensen staarden naar de jongen, die er nog magerder uitzag dan eerst, zijn bleke huid grauw en spookachtig, maar hij leefde.

En wat zouden ze denken, dacht Boy bitter, als ze wél het hele verhaal kenden? Als ze wisten dat Valeriaan mijn vader was?

Kepler had die woorden vijf dagen geleden uitgesproken en ze even later weer teruggenomen. Nu Boy het verschil tussen waarheid en schijn begon te zien, kon hij bijna niet meer geloven dat Kepler het echt had gezegd. Misschien had hij het zich alleen maar verbeeld. In de laatste minuten voordat Valeriaan was verdwenen was alles even verwarrend geweest – het lawaai, het licht, de wind door de toren. Misschien had hij zich die woorden maar ingebeeld omdat hij ze zo graag had wíllen horen.

Maar nee. Kepler had de magiër echt wijsgemaakt dat hij de vader van Boy zou zijn. Boy had geen idee waarom Kepler het na Valeriaans dood meteen weer ontkend had, maar hij had het absoluut gezegd. En er was een getuige bij geweest.

Bij de gedachte aan Wilg keek Boy op van de sneeuw en modder om zijn voeten en hij keek recht in het lachende gezicht waar hij steeds naar had verlangd.

Wilg.

4

Ze stond aan de andere kant van het graf, slechts vanaf haar middel zichtbaar achter de berg opgegraven aarde die binnenkort Korps doodskist zou bedekken. Boy maakte aanstalten om naar haar toe te gaan, maar meteen lag Keplers hand op zijn schouder.

'Toon respect, jongen.' Kepler gebaarde met een knikje van zijn hoofd naar de dragers, die zich een weg baanden door de menigte.

De plechtigheid begon en eindigde, en ten slotte schepten ze kluiten aarde terug in het gat, ze bedolven de kist zoals de stad bedolven raakte onder de sneeuw. Ze onttrokken de kist aan het gezicht, alsof hij daarmee onttrokken kon worden aan de herinnering.

Boy wist dat er iets mis was aan dit tafereel, maar hij kon er niet op komen wat het was. Het hondje Lily kon dat wel. Toen de bevroren kluiten op het hout van de kist bonkten, begon het beestje zielig te rillen en te janken. Ze wist dat iemand niet weg was uit de herinnering als hij niet meer zichtbaar was, en ze miste haar baasje.

Het sneeuwde maar door. Met opzet dacht Boy aan niets anders dan de vallende sneeuwvlokken en hij wachtte tot die zijn zenuwen zouden kalmeren en zijn pijn verzachten.

Nu wist hij wat er mis was aan de begrafenis. Al die mensen waren hier bij elkaar gekomen voor het enige wat er niet was: de dode. Boy had nooit eerder een begrafenis meegemaakt en hij vond het maar een vreemde vertoning.

Korp was niet de enige die door de rouwenden werd gemist. Valeriaan had een voelbare leegte achtergelaten. Boy keek naar de mensen toen ze aanstalten maakten weg te gaan en hij ving een glimp op van een lange, in het zwart geklede gedaante die met grote stappen over straat liep. Even dacht hij dat zijn dode meester weer tot leven was gekomen, maar dat was natuurlijk onzin. Het was gewoon een geestelijke die zich door de sneeuw haastte.

Opeens klapte de oude violist die zo vaak aardig voor Boy was geweest, in zijn handen.

'Wacht! We kunnen het hier niet bij laten. Gaan jullie mee, vrienden, om het leven van onze goede directeur te vieren?'

De mensen mompelden instemmend.

'Goed idee!' riep iemand.

'Naar De Veer dan maar?' zei de violist. 'Het eerste rondje is voor mij!'

Boy was Wilg uit het oog verloren. Toen zag hij haar terug in de menigte en ze wenkte hem.

'Mogen wij ook?' vroeg Boy aan Kepler. 'Gaan wij ook naar De Veer?'

'Nee,' zei Kepler. 'We hebben gedaan wat we hier moesten doen.'

Maar voor ze konden vertrekken kwamen de oude violist en een aantal van zijn vrienden naar de plek waar Boy en Kepler stonden. Zonder Kepler een blik waardig te keuren, ontfermden ze zich met veel bombarie over Boy en trokken hem bij het graf weg om hem met alle anderen mee te nemen naar de herberg. Kepler had geen andere keus dan hen op de hielen te volgen als een ongewenste hond.

Na een paar straten kon Boy in ieder geval zijn voeten weer voelen en ergens tussen de mensen voor hem liep Wilg. Alleen al die wetenschap maakte hem warm.

5

'En u bent dus de nieuwe baas van de jongen?'

Boy en Kepler zaten nu om een volle tafel geperst in de gore kroeg die De Veer heette. Het gesprek ging algauw van de onzekere toekomst van het theater over op Valeriaan en daarna op Boy. Boy zag het aan en schoof ongemakkelijk heen en weer op zijn stoel terwijl de oude violist en de anderen Kepler uithoorden. Wilg stond erbij en pakte gretig zoete rozijnen uit een kom midden op tafel. Lachend keek ze in Boys richting.

Kepler zag het. 'We moeten gaan. De jongen en ik moeten aan het werk,' zei hij voor de vierde keer in vier minuten, maar niemand stond op om hen door te laten.

Een grote man links van Kepler lachte naar Boy. 'Roep jij de barmeid even? Nog een rondje voor iedereen.'

'En laat haar absint meebrengen, ja? Zin in een spelletje Snapdragon, mensen? Korp zou het prachtig hebben gevonden!'

Om de tafel klonk gejuich terwijl Boy zich door de menigte werkte om de serveerster te vinden. Ondertussen probeerde hij de aandacht van Wilg te trekken.

Tegen de tijd dat hij terugkwam waren ze er al in geslaagd ergens anders een fles absint vandaan te halen. Ze hadden het bier ingeruild voor deze duivelse groene vloeistof en waren aan het spel begonnen.

Boy was dol op Snapdragon, vooral omdat hij meestal wist te vermijden dat hij moest meespelen en alleen toekeek hoe anderen lam van de drank van hun stoel vielen. Hij had bijna te doen met Kepler, die het spel blijkbaar niet kende en er op pijnlijke wijze achter zou komen wat het inhield.

'Goed,' zei Georg tegen Kepler. 'Nu je weet hoe het gaat, kunnen we écht beginnen.'

Op tafel stond een schotel waarin een scheut absint werd gegoten. Er werd een handvol rozijnen aan toegevoegd. Bij Snapdragon moest je een rozijn van het schoteltje pakken en opeten. Als dat goed ging, was de volgende speler aan de beurt. Als je de rozijn liet vallen, moest je een glas absint leegdrinken.

'We zijn toch al begonnen?' vroeg Kepler aan Georg.

'Nee, ik heb alleen de spelregels uitgelegd. Nu gaan we het doen zoals het hoort. Wilfred? Ben je zover?'

En Wilfred, de sterke man, haalde een doosje lucifers uit zijn zak en stak de absint aan.

'Jij mag beginnen,' zei Wilfred lachend tegen Kepler.

'Wat? Maar het brandt!'

'Anders zou het een spel van niks zijn,' zei Georg, die Wilfred een por gaf. Wilfred grinnikte.

Kepler keek zenuwachtig van de een naar de ander en toen naar de schotel met brandende drank en rozijnen. Bibberig stak hij zijn hand uit naar de vlammen. Het lukte hem een rozijn te pakken, maar hij liet hem met een schreeuw op tafel vallen en zoog aan zijn verbrande vingers.

Iedereen brulde van het lachen en Wilfred duwde Kepler een glas absint onder zijn neus. Kepler keek er ongelukkig naar, maar toen nam hij – onder het wakend oog van de sterke man – een slokje.

'Zó niet!' riep Wilfred uit. Hij rukte Keplers neus achterover en goot het hele glas leeg in zijn open mond.

Weer brulde iedereen van het lachen en het spel ging door met Wilfred, die behendig een rozijn weggriste en hem in een vloeiende beweging in zijn mond stopte.

'Brandt het niet aan je vingers?' zei een stem naast Boy, en daar was Wilg eindelijk.

Boy lachte en wist even niet wat hij moest zeggen of doen. Hij kon alleen maar naar haar kijken. Meestal danste haar haar los om haar gezicht, maar voor deze gelegenheid had ze het strak achterovergetrokken in een knot.

'En ook aan je mond trouwens,' voegde Wilg eraan toe en ze keek met grote ogen hoe Georg twee rozijnen tegelijk pakte en ze met deskundige behendigheid in zijn mond gooide.

'Je brandt je niet als je 'm heel snel pakt en op je tong legt en meteen je mond dichtdoet,' zei Boy. 'Ik heb Valeriaan zo vaak Snapdragon zien spelen. Hij won altijd. Hij vond het prachtig en soms won hij er nog geld mee ook. Ieder ander werd altijd stomdronken en hij keek het broodnuchter aan.'

Wilg lachte en zonder erbij na te denken lachte Boy mee.

'En als ik dacht dat Valeriaan niet keek, rolde ik ondertussen hun zakken!'

'Boy!' zei Wilg. 'Jij deugt niet!'

'Dan kon ik ten minste eten kopen...' verdedigde Boy zich, maar toen besefte hij dat Wilg hem maar wat plaagde.

Het spel werd steeds luidruchtiger. Weer deed Kepler een poging om op te staan, maar Boy kon zien dat hij erg dronken was en hij viel weer terug op zijn stoel zonder dat iemand hem dit keer tegen hoefde te houden.

'Valeriaan kon het trouwens ook heel langzaam,' zei Boy. 'Als iedereen ladderzat was, ging hij stoer doen. Dan pakte hij heel langzaam een rozijn op, met zijn vingertoppen vol in het vuur, en dan legde hij de rozijn heel langzaam op zijn tong en liet hem daar even liggen branden, alsof hij geen greintje pijn voelde. Vraag me niet hoe hij dat flikte.'

Wilg haalde haar schouders op. 'Misschien kon hij goed tegen pijn.'

Boy zweeg bij de herinneringen die in hem opkwamen.

Goed tegen pijn kunnen...

Hij zette die gedachte van zich af en keek Wilg aan. Ze zag er wel goed uit. Ze hadden elkaar nog geen vijf dagen geleden gezien, maar het leken maanden.

'Wilg…?'

'Het gaat goed met me. Hij heeft me naar een weeshuis gebracht. Ik dacht dat ik er alleen maar zou slapen, maar hij heeft me er ook een baantje bezorgd. Eerst moest ik er niets van hebben, maar het is veel leuker werk dan ik eerst had. Ik krijg zelfs loon! Vandaag ben ik ertussenuit gepiept. Ik zal wel op mijn kop krijgen, maar niet zo heel erg. Er is daar een vrouw de baas. Ze doet wel streng, maar ik denk dat ze eigenlijk best lief is. Ze heet Martha.'

Boy keek strak naar Wilg, naar haar bruine opgebonden haar en krijtwitte gezicht. Hij legde zijn hand tegen haar wang en ze pakte de hand weg en hield hem in de hare.

'En jij, Boy?' vroeg ze zacht. 'Is hij goed voor je?'

Boy vroeg zich af wie ze bedoelde en besefte dat ze het over Kepler had.

'Ja. Hij geeft me te eten. En hij schreeuwt niet, slaat niet en wordt zelfs niet kwaad. Het gaat goed.'

'Maar wat moet je doen?'

'Niets. Hij zegt dat ik hem moet helpen, maar we doen helemaal niets. Ik zit maar wat op mijn kamer. Ik kijk steeds maar naar de sneeuw, Wilg. Wat een vracht sneeuw! Je kent de stad bijna niet terug. Vind je ook niet? Er is alleen nog maar sneeuw.'

Wilg keek Boy met opgetrokken wenkbrauwen aan. Toen dwong ze zich tot een lachje.

'Blijf je bij hem?' vroeg ze.

Boy haalde zijn schouders op. 'Ik weet het niet. Ik denk het wel. Ik wil niet weer op straat moeten leven. Dan was zelfs wonen bij Valeriaan nog altijd beter, en…' Hij zweeg.

'Wat is er?' vroeg Wilg.

'Wilg. Wat Kepler gezegd heeft… Weet je het nog?'

'Dat Valeriaan je vader was? Ja.'

'Zeg eens. Zeg eens eerlijk. Denk je dat het waar is?'

Wilg wilde haar ogen neerslaan, wegkijken, maar Boy stond het niet toe.

'Ik weet het niet,' zei ze uiteindelijk.

Boy zweeg.

'Wordt het daar anders van? Zou je anders over hem denken als hij je vader was? Zou je je anders voelen over hoe hij je behandelde? Of over zijn dood?'

Boy haalde zijn schouders op en keek de andere kant uit.

'Laat hem los, Boy,' zei ze. 'Laat hem los, en laat los wie je was. Je moet nu een nieuw leven beginnen.'

Boy draaide zijn gezicht weer naar haar toe. 'Vind je? Met Kepler?'

'Nee,' zei Wilg. 'Ik dacht… ik dacht met mij.' Ze zei het heel snel, zonder Boy de kans te geven haar in de rede te vallen. 'Ik heb nu een echte baan. Denk je eens in. Ik verdien geld! We kunnen een woning zoeken. Misschien vind jij ook een baantje. We zouden naar een ander deel van de stad kunnen verhuizen, waar Kepler je nooit zal vinden. Misschien kunnen we zelfs buiten gaan wonen…'

Ze zweeg en beet op haar onderlip. 'Maar als je dat niet wilt…'

'Jawel,' zei Boy. 'Ja, Wilg, dat wil ik wel.'

Wilg sloeg haar armen om hem heen en ze begonnen allebei te huilen, terwijl naast hen het spel Snapdragon bij elke nieuwe ronde in een steeds lawaaieriger dronkemanspartij ontaardde.

Wilg en Boy hadden er geen aandacht voor, ze praatten en praatten maar en begonnen heimelijk plannen te smeden. Het was voor hen allebei ongewoon om zelf te kunnen beslissen wat ze met hun leven gingen doen, zonder dat een ander het voor hen bepaalde.

Toen ze eindelijk waren uitgepraat, zaten alleen Georg en Wilfred nog rechtop aan tafel.

'Waar is…?' vroeg Boy stomverbaasd.

'Kepler, je meester?' vroeg Georg. Hij wees naar de grond.

Boy boog zich voorover op zijn stoel, keek onder tafel en zag Kepler slapend op de vloer liggen.

'Ik moest hem maar naar huis brengen,' zei Boy. 'Als hij hier blijft liggen, snijdt iemand hem nog de strot af.'

'Nou, een troost heb je,' zei Georg tegen hem.

'Wat dan?'

'Je meester zal morgen een stuk aardiger tegen je zijn.'

'Waarom?' vroeg Wilg.

'Nou,' zei Georg, met een knipoog naar Wilfred, 'dat weet toch iedereen. Absint versterkt de liefde!'

En hij en Wilfred barstten in een dronken gegiechel uit om een grap die ze kennelijk al vele, vele malen verteld hadden.

Boy fronste zijn wenkbrauwen.

'Maak je geen zorgen,' zei Wilfred nog nahinnikend tegen Boy. 'Ik draag hem wel naar huis als jij de weg wijst.'

'Je kunt hem vertrouwen,' zei Georg. 'Hij is een goeie maat van me. Jij kunt toch nooit van je leven je meester dragen?'

Boy lachte. 'Dat is zo,' zei hij. 'Bedankt... voor alles.'

Georg tikte bij wijze van groet aan Boy en Wilg aan zijn pet en maakte aanstalten zelf ook te vertrekken. Wilfred knielde naast Kepler neer en zwaaide het slappe lichaam over zijn schouder. 'Die heeft morgen barstende koppijn,' zei hij.

Boy keek Wilg aan. 'Dus dan zie ik je morgenavond bij de fontein van St.-Valentijn?'

Wilg knikte lachend. Ze sprong op hem af, gaf hem een snelle zoen op zijn mond en holde weg.

Boy ging voorop naar Keplers huis. Wilfred was stil en Boy was er blij om, want hij wilde alleen maar aan Wilg denken.

Hij dacht na over wat hij van haar wist. Veel was het niet. Ze was op het platteland geboren, maar werd wees toen ze nog heel klein was. Ze groeide op in een weeshuis, werkte voor het Livreigilde in de stad en was daarna bij het theater gekomen. Hij wist eigenlijk zo weinig van haar dat het voor zijn gevoel in geen verhouding stond tot alles wat zij kortgeleden samen hadden doorgemaakt. Door die ervaringen had hij echt geleerd wie Wilg was en hoe ze was. Sterk, dapper en aardig. Met een schok besefte Boy dat hij dan wel weinig van haar geschiedenis wist, maar dat het altijd nog meer was dan hij van zijn eigen achtergrond kon zeggen.

Onder het lopen hield hij zich warm met de herinnering aan de vluchtige kus en de wetenschap dat hij en Wilg vanaf morgen voor altijd bij elkaar zouden zijn.

Daar vergiste hij zich ontzettend in.

6

Boy lag tegen drie uur 's nachts in bed, nadat hij er eerst voor had gezorgd dat zijn meester veilig en wel sliep.

Wilfred had Kepler naar boven gedragen en hem laconiek op bed gekieperd, daarna als afscheidsgroet al even laconiek tegen zijn pet getikt en zich omgedraaid om weg te gaan.

'Die zal vannacht wel akelig dromen,' grinnikte hij nog.

Boy keek hem vragend aan.

'De absint,' zei Wilfred met een knipoog en hij vertrok.

Boy bleef nog een poosje naar Kepler staan kijken, maar hij besloot dat hij te moe was om nog veel nuttigs voor hem te kunnen doen. Hij trok Keplers laarzen uit en dekte hem tot aan zijn kin toe met een sprei.

De volgende ochtend sliep hij uit, en als Keplers dromen al akelig waren, dan waren die van hem minstens zo angstaanjagend. Toen hij eindelijk wakker werd, gebeurde dat niet geleidelijk, maar met een heftige schok alsof hij uit een boze droom wakker schrok. Hij bleef een tijdje versuft rechtop in bed zitten, ademde hortend en probeerde kalm te worden. Het was lang geleden dat hij zo had gedroomd, besefte hij. Alsof hij nog iets in te halen had, was hij nu door een stortvloed aan nachtmerries overvallen.

Bijna werktuigelijk dacht Boy aan de sneeuw toen hij zijn benen over de rand van het bed zwaaide. Zijn dromen waren langdurig be-

vroren geweest, als bergsneeuw, maar nu waren ze door een onver-
wachte vlaag warmte ontdooid en hadden ze een golf smeltwater
over hem uitgestort.

Flarden van zijn dromen hingen nog als mist in zijn hoofd toen hij
naar de wastafel wankelde en met de kan ijskoud water in de waskom
goot. Hij was in een donkere ruimte geweest, een kleine donkere
ruimte. Daar was niets griezeligs aan. Niet voor Boy. Toen hij nog op
straat leefde, en ook later bij Valeriaan, had hij zich het veiligst gevoeld in kleine donkere ruimtes. Voor hem waren dat altijd goede
plekjes.

Als hij een portemonnee of een brood had gestolen, was ieder
gaatje voor Boy een toevluchtsoord als hij zijn tengere lijf er kon verbergen voor de stadswacht, een spleet in een kerkdak was een uitkomst. Wanneer hij met Valeriaan op het toneel bezig was en opge-
propt zat in toverkasten en andere magische kisten, was dat in ieder
geval één gelegenheid waarbij zijn nieuwe meester hem niet kon
slaan of vervloeken. En Boys hokje in het Gele Huis was een nauwe
driehoekige tunnel geweest, te krap om rechtop te kunnen staan,
maar toch een veilig plekje.

Hij was dan ook niet zo bang geworden van de kleine donkere
ruimte in zijn droom, maar van iets heel anders. Iets wat dicht in de
buurt op hem loerde. Iets wat ademde met een laag, hees gereutel,
als een schepsel dat half gewurgd werd. Een of andere kwade geest.

Boy herinnerde zich de droom en vervloekte hem, want daardoor
verloor hij de zekerheid dat het donker een zegen was. Hij duwde
zijn gezicht onder water in de waskom voor hem, bleef even onder-
gedompeld en liet het koude water door zijn ogen spoelen in de hoop
dat daarmee ook de zwarte wolken zouden wegstromen uit zijn
hoofd.

Maar dat gebeurde niet. Hij begon nu pas goed de klap te voelen
van alles wat er in de dode dagen was gebeurd. Hijgend kwam hij
overeind, in het besef dat het donker al veel langer geen veiligheid
meer had geboden. Dat veilige gevoel was niet zomaar verdwenen
door de droom van vannacht over een gruwelijk monster in de duis-

ternis. Het was kapotgemaakt in de smerige ondergrondse gangen waar hij werd achtervolgd door Valeriaan, zijn vroegere meester. Zijn vader?

Boy kleedde zich aan en ging voor het raam staan. Buiten sneeuwde het nog even hard als het al de hele week had gedaan. Hij probeerde alles te vergeten met zijn kunstje zichzelf te hypnotiseren door zich op de sneeuw te concentreren, maar het lukte hem niet.

Zijn dromen hadden emoties bij hem losgemaakt en de angst had hem wakker geschud uit de verdoving van de afgelopen dagen. En op die stroom emoties kwam een ander, afschuwelijk besef meevaren. Hij wist dat hij op de een of andere manier de waarheid over Valeriaan te weten moest komen. Hij zag nu heel helder dat hij alleen een einde kon maken aan de onzekerheid die hem kwelde door achter de waarheid te komen.

Hij wist hoe hij erachter kon komen. Hij had tenslotte zelf geholpen de oplossing van zijn probleem te vinden.

Het boek. Het magische boek. Daarin stonden antwoorden, waarheden, geheimen, de levensgeschiedenis en het noodlot van iedereen die de pagina's durfde te lezen. Sommige mensen hadden er veel aan gehad, maar andere waren juist op een dwaalspoor gebracht omdat de antwoorden niet altijd even duidelijk en nauwkeurig waren. Het boek onthulde voor lezers een deel van hun lot, maar Boy had inmiddels geleerd dat het lot een lastige dame was die in raadselen sprak, en soms pikten mensen alleen op wat in hun straatje te pas kwam.

Toch was alles in het boek terug te vinden, en Boy wist dat maar al te goed. Wilg en hij hadden Valeriaan geholpen het boek te zoeken, maar Kepler was hun te snel af geweest en de geleerde was zo in de ban geraakt van de macht die het boek uitoefende dat hij zijn uiterste best had gedaan om het uit handen van Valeriaan te houden.

Als Boy in het boek wilde kijken, was er geen beter moment dan deze ochtend waarop Kepler zijn door absint gevoede roes uitsliep. Het was zo'n gedurfd plan dat Boy er zelf van schrok en zijn hart begon te bonken.

Hij kreeg een ingeving. Het boek kon hem nóg iets vertellen wat hij wanhopig graag wilde weten en wat geen mens ter wereld hem kon zeggen.

Zijn echte naam.

7

Het huis was stil. Toen Boy over de gang bij zijn kamer sloop, vond hij dat de hele stad stil aandeed, alsof alles en iedereen achter de schermen toekeek en afwachtte.

Vanuit het niets schoten hem woorden te binnen. Hij kende ze ergens van, maar hij kon ze niet thuisbrengen. De sneeuw mocht hem dan gehypnotiseerd hebben en hem helpen zijn zorgen weg te stoppen, maar bij het verdringen van bepaalde herinneringen bleken andere juist naar boven te komen.

'Je vlucht toch niet, nu je boot bijna af zal varen?'

Hij wilde die woorden van zich af zetten, maar hij kon ze niet uit zijn hoofd verdrijven.

'Je blijft toch wel, om de zachte regen te ondergaan?'

Hij wist niet waar die tekst vandaan kwam en wilde er niet over nadenken.

Nu was hij bij de deur van Keplers kamer en hij bleef even staan, op zijn tenen. Hij hield zijn laarzen in zijn handen, want hij durfde niet het risico te lopen dat het geluid van hakken op de kale planken in de gang hem zou verraden.

Boy hield zijn adem in en luisterde scherp of Kepler ook maar het minste geluidje maakte waaruit bleek dat hij bij kennis was. Het bleef stil.

Boy ademde weer uit en ging op weg naar de trap.

Twijfel bekroop hem. Niet zijn geweten sprak, maar zijn angst speelde op. Hij voelde zich niet schuldig omdat hij in het boek wilde kijken dat volgens hem in Keplers bezit moest zijn. Hij had vaak genoeg in zijn leven iets gestolen en dit was gewoon iets lenen zonder het te vragen. Daar twijfelde hij geen seconde over, maar zijn angst zat hem dwars.

Hij ging op de onderste tree van de trap zitten en trok zijn laarzen aan. Hier lag tapijt op de vloer en hij was niet bang dat Kepler hem zou horen. Dat waar hij bang voor was, lag voor zover hij wist op hem te wachten in Keplers studeerkamer, want daar had hij de geleerde voor het laatst met het boek in handen gezien.

Boy liep de hal door en weer zeurden de woorden die hij niet kon thuisbrengen door zijn hoofd.

'*Je vlucht toch niet...?*'

Wilg vond het boek gevaarlijk. Dat herinnerde hij zich heel goed uit de korte tijd die ze samen hadden doorstaan voor Valeriaans einde op oudejaarsavond. Als het boek niet gevaarlijk was, zou de familie Beebc het toch nooit bij een van hun zoons begraven hebben – in het graf van Gad, de laatste eigenaar van het boek? Ongestoord had het in zijn graf in de kerk van Linden gelegen tot Kepler de plek had gevonden en het boek had gestolen. Boy zag niet goed in hoe een boek gevaarlijk kon zijn, maar hij wist wel dat er een vreemde kracht van uitging en dat was genoeg om hem zenuwachtig te maken. Het boek was onvervalste kennis, puur en machtig.

Boy kwam bij de deur van de studeerkamer en legde een vinger op de koperen knop. Het was koud in huis, hij had geen kachel aangestoken en omdat er niemand anders was die dat kon doen, zou het koud blijven. Rillend draaide hij de knop om en duwde de deur open.

Hij ging vlug naar binnen en liet de deur achter zich op een kier staan, want hij was bang dat het te veel lawaai zou maken als hij hem dichtdeed.

Hij keek naar het bureau. Als Kepler het boek niet verplaatst had, lag het nu in de onderste la rechts op hem te wachten.

Er zat niets anders op dan het domweg te pakken, zonder erbij na te denken, zonder zich zorgen te maken. Boy dacht aan de sneeuw en nam zeven stappen naar het bureau.

Hij ging op de leren stoel zitten en keek naar de la. Die zat natuurlijk op slot en alleen Kepler had een sleutel, maar dat was geen probleem voor Boy. Hij grabbelde in zijn zak naar het gebogen stukje metaal waarmee hij zo vaak sloten had opengebroken. Het pinnetje had bij een metalen hand gehoord die Kepler en Valeriaan ooit samen hadden ontleed – en Valeriaan was degene geweest die Boy had geleerd hoe je sloten open kon wurmen. Eigenlijk was het dus hun eigen schuld, redeneerde Boy.

Hij boog zich over het slot van de onderste la en tastte met het pinnetje naar de tuimelaars.

Meestal kreeg Boy een slot in een vloek en een zucht open, maar hij was niet verbaasd toen hij merkte dat Kepler, als geleerde en uitvinder, iets moeilijks had uitgedokterd om zijn bezit goed te beschermen. Het slot gaf niet mee.

Vastberaden om zich niet zomaar te laten verslaan, gleed Boy van de stoel en ging op zijn knieën voor het slot zitten.

Aan de andere kant van het dikke eikenhout lag het boek te wachten om Boy alles te vertellen.

Weer peuterde hij met het pinnetje in het slot, maar er gebeurde niets. Hij begon wanhopig te worden en wurmde koortsachtig in het slot. Hij voelde dat het boek bijna binnen zijn bereik was, voelde die vreemde kracht, maar het slot was onwrikbaar en weerstond al zijn pogingen het open te krijgen.

Kwaad ging Boy weer op de stoel zitten en gaf een schop tegen het bureau.

Hij keek om zich heen en zijn ogen bleven op de open haard rusten. Naast het vuurscherm lag een ijzeren pook.

Boy aarzelde geen moment.

Hij ging dat stomme bureau aan diggelen slaan om het boek te pakken. Hij en Wilg hadden afgesproken dat ze elkaar later die dag bij de fontein zouden ontmoeten en hij zou zich aan de afspraak houden, maar dan wel in de volle wetenschap van zijn verleden en toekomst. Kepler zou woest worden, maar wat maakte dat uit? Hem zag hij toch nooit meer terug.

Boy liep naar de haard en greep het gedraaide handvat van de pook.

Net toen hij zich omdraaide om naar het bureau te lopen, vloog de deur open en kwam Kepler binnen.

In een flits zag Boy een boosaardig beeld voor zich, waarbij hij de pook met geweld op Keplers hoofd liet neerkomen en diens hersens uiteenspatten op het rode tapijt van de studeerkamervloer.

Maar die opwelling was ook meteen weer weg. Als iemand moordneigingen had was het Kepler wel. Het kwam vast door de absint, maar hij was zichzelf niet. Toen Boy de gekwelde blik in de ogen van zijn meester zag, verdween zijn hunkering naar het boek op slag. Boy had eerder meegemaakt wat absint kon aanrichten. De rustigste mensen waren in staat elkaar af te maken als ze bijkwamen van de bizarre waanbeelden die de giftige drank in hen had opgewekt.

'Jongen!' snauwde Kepler. 'Het is bitter koud. Waarom branden de kachels niet?'

'Ben ik net mee bezig,' zei Boy haastig en hij zwaaide met de pook om het te bewijzen. 'Het wordt zo wel warm in huis.'

Kepler negeerde hem en wankelde naar zijn bureau, waar hij zich op de stoel liet vallen. Door zijn moordende kater viel hem niet op dat Boy in een onaangestoken vuur porde en dat de papieren op zijn bureau anders lagen en de stoel verschoven was.

'Je mag niet meer met die mensen omgaan,' zei Kepler. Hij bedoelde Georg en de anderen van het theater.

Boy wilde protesteren, maar hij beheerste zich. Vanavond was hij hier toch weg en dan maakte het niets meer uit wat Kepler vond of zei. Dan kon hij er altijd nog om lachen of kwaad worden, en dus knikte hij nu alleen en ging verder met het aanmaken van de haard.

'Je moet iets voor me doen,' zei Kepler met dikke tong. 'Je moet nog vanochtend iets voor me ophalen.'

Boy ging staan en keek naar Kepler, die met zijn hoofd in zijn handen zat. Nu richtte hij met pijn en moeite zijn hoofd op. 'Je moet iets voor me uit het Gele Huis halen.'

Boy verstijfde. Het Gele Huis. Valeriaans huis.

'Ik...' begon Boy, maar Kepler was niet in de stemming voor tegenspraak.

'Je gaat,' zei hij. 'Ik heb een lens van de camera nodig. Er is maar één zo'n lens in de hele stad en hij heeft me een fortuin gekost. Ik wil die lens terug. Ik heb die camera tenslotte zelf gebouwd en hij is van mij nu Valeriaan dood is. Ik wil een beeldprojectie maken...'

Boy had geen idee wat hij bedoelde, maar hij zei niets.

'Je moet het uiteinde van de koperen buis losschroeven. Dan valt de lens eruit. Zorg dat hij niet breekt! En kom er meteen mee terug.'

Boy was gewend te gehoorzamen. Bij Valeriaan had hij niet anders gekend. Hij zou Kepler met dit laatste klusje helpen. Lang kon het niet duren, en bovendien moest hij nu op een nieuwe kans wachten om het boek in te kijken. Als hij dat achter de rug had, kon hij ontsnappen naar Wilg.

Kepler had tenslotte wél zijn leven gered door Valeriaan de dood in te sturen toen de magiër het op Boys leven had gemunt. Boy vond dat hij hem deze laatste gunst verplicht was, maar er kwam nog iets bij. Hij wilde nog één keer naar het Gele Huis om te zien wat er over was van de plek waar hij al die jaren bij Valeriaan had gewoond. Misschien wilde hij er zelfs heen om afscheid te nemen.

Hij trok zijn jas aan, ging de deur uit en liet Kepler met zijn hoofd in zijn handen achter.

Het Gele Huis

Het oord van de verwoeste toekomst

1

Het nieuwe jaar was nog geen week oud. Het leven in de stad was nog niet op gang gekomen, dit was altijd al de stille tijd van het jaar, maar de bevolking leek de overdadige sneeuwval nu als excuus te gebruiken om zo weinig mogelijk uit te voeren.

Boy liep door een smalle, smerige straat die de Driepaardenloop heette en vond het er vreemd stil zonder de gebruikelijke drukte van zwervers en nietsnutten, hij was de eerste die voetstappen zette in de ongerepte sneeuw.

Overal was het stil. Hij kwam nog geen handvol stervelingen tegen op weg naar het huis dat hij zo goed kende, het Gele Huis. Kepler mocht hem dan verzekerd hebben dat de stadswacht niet meer achter hem aan zat, maar hij volgde toch zijn instinct om zich zo onzichtbaar mogelijk te maken en hij was blij dat de straten uitgestorven waren.

Pas verderop, in de Gepekelde Kikvorssteeg, hoorde hij stemmen dichterbij komen. Hij keek op en zag drie straatventers moeizaam een kar met groente door de sneeuw duwen. Boy was opgelucht dat het de stadswacht niet was, maar hij had geen zin om andere mensen te zien en een praatje maken wilde hij al helemaal niet. Hij dook weg in een diep portiek aan de zijkant van de steeg.

Hij wachtte tot de mannen voorbij waren. Ze waren heftig in gesprek en zagen hem niet, maar zelfs al waren ze naar hem op zoek geweest, dan zouden ze hem nog niet gezien hebben, want Boy beheerste als geen ander de kunst zich te verstoppen.

Hij ving flarden van hun gesprek op.

'... de hele straat door...'

'... onherkenbaar was-ie. Arme stakker!'

'Ze zeggen dat de sneeuw kilometers ver rood zag van het bloed. Eén lang bloedspoor was het. Het hield pas op in een goot bij de rivier.'

'Ik heb gehoord dat overal rode bloedspatten zaten. Vuurwerk is er niks bij.'

Boy huiverde. Hij wist waar ze het over hadden.

'Hij miste allerlei ledematen, dat staat vast. Net als die anderen.'

'Bestaat niet!' zei een ander. 'Het gaat hem alleen om het bloed. Niemand krijgt het Fantoom ooit te zien en niemand kan hem doden. Hij is niet te stuiten.'

'Overdrijf niet zo. Het is gewoon een of andere gek die ze nog niet gepakt hebben.'

Zijn maat spuwde in de sneeuw toen ze langs Boys portiek liepen.

'Kan zijn. Maar wat het ook is, het Fantoom moordt voor de lol, of niet soms? De stadswacht weet zich geen raad.'

Boy kromp ineen in het portiek. Het Fantoom had weer toegeslagen.

Het was tegen één uur 's middags toen Boy de hoek om kwam van de steeg die de Blindenstok heette en hij het Gele Huis voor zich zag. Afgezien van de sneeuw op de daken stond het huis er precies zo bij als altijd: hoog en indrukwekkend, maar verweerd en verwaarloosd.

Onwillekeurig keek Boy omhoog, naar de toren, waar Valeriaan aan zijn eind was gekomen. Het was een bizar uitsteeksel boven op het grillig gebouwde huis, dat geen enkel teken vertoonde van de verschrikkingen die zich daar op oudejaarsavond hadden afgespeeld. Binnen stond de camera, met de lens die Kepler wilde hebben. Boy moest de confrontatie met zijn herinneringen aangaan.

Hij had nog steeds de sleutel die Valeriaan hem een paar dagen voor zijn dood had gegeven, op de dag van Onnozele Kinderen, de ongelukkigste dag van het jaar.

Met die sleutel bof ik in ieder geval, dacht Boy terwijl hij ermee in het slot van het buitenhek rammelde.

Hij moest hard duwen om het zware smeedijzeren hek open te schuiven in de hoge sneeuw. Met moeite kreeg hij er beweging in en hij wrong zich door een kier. Toen maakte hij de huisdeur open.

Boy ging de hal in en deed de deur achter zich dicht, nadat hij uit macht der gewoonte eerst had gekeken of niemand hem naar binnen had zien gaan.

Het was nog maar zes dagen geleden dat hier mensen waren geweest, maar in het Gele Huis hing al de griezelige stilte die neerdaalt over een huis waar niemand meer komt.

'Hallo?' zei Boy zacht in de leegte om hem heen en hij voelde zich knap stom. Natuurlijk was er niemand. Er was hier niemand meer geweest sinds de vroege uren van het nieuwe jaar, toen Kepler was teruggekomen om hem en Wilg te halen.

Hij ging op weg naar de overloop op de derde verdieping. Van hieraf zou hij over een ladder naar zijn voormalige hokje kunnen gaan, maar hij wilde het niet terugzien.

Zes dagen geleden nog maar... en toch voelde het alsof er een eeuw voorbij was gegaan sinds Boy hier voor het laatst was geweest. Hij vond het huis vreemd en beklemmend, zo stil, zo groot en leeg, en hij vroeg zich af of het altijd zo was geweest. Misschien had hij het gewoon niet gemerkt toen Valeriaan hem nog bestookte met opdrachten en al evenveel dreigementen.

Hij draaide de gang de rug toe en liep naar de wenteltrap die naar de toren voerde. Zodra hij naar boven begon te lopen, zag hij de restanten van de kapotte deur waar Kepler en Wilg doorheen waren komen stormen om hem van Valeriaan te redden. Alleen al bij de aanblik van het versplinterde hout sloeg een golf ellendige herinneringen door Boy heen en hij raakte half in paniek.

Hij probeerde aan niets anders te denken dan aan wat hij hier kwam doen, maar toen hij over de drempel stapte en de kamer in ging, werd hij overmand door de gebeurtenissen van die oudejaars-avond en hij zakte slap en trillend op de vloer neer.

Hij schudde zijn hoofd in een poging de gedachten te verdringen. 'De lens,' zei hij hardop, alsof zijn stemgeluid de duivels die in de kamer schuilgingen kon verjagen. 'Pak die lens en smeer 'm.'

Hij keek om zich heen.

Het was een grote chaos in het vertrek. Ze hadden het achtergelaten in dezelfde toestand die aangericht was door de gruwelijke ramp, de wervelstorm, de verschijning. De honderden en honderden boeken van Valeriaan lagen in wanordelijke stapels over de vloer, bedolven onder allerlei vellen papier en perkament. Zelfs het valluik midden in de kamer was bedekt met boeken en papieren. Valeriaans grote leren leunstoel lag omver. Op de werkbladen was het een rotzooi van glasscherven en verwrongen metalen instrumenten die Valeriaan bij zijn experimenten had gebruikt. Alleen de camera zelf was ongedeerd uit de strijd gekomen. De jaloezieën waren dicht en in het halfduister van het vertrek zag Boy dat de camera het nog deed. Kepler had Valeriaan gewaarschuwd dat het apparaat hem niet kon helpen zijn hachje te redden, maar hij had een degelijk toestel gebouwd en het werkte nog. Op het witte tafelblad onder de camera werd een scheef maar duidelijk beeld van de straten buiten geprojecteerd.

Boy stommelde door de rommel en bleef even staan bij de omgevallen leunstoel. Hij sjorde Valeriaans lievelingsstoel weer overeind.

'Dat is beter,' zei hij, met een glimlach bij de herinnering aan hoe Valeriaan altijd in die stoel had gezeten.

Hij keerde zich om naar de camera. Aan de standaard die over de tafel hing zat een brede, koperen cilinder. Hieruit stroomde het beeld over de tafel. Hij dacht dat dit het ding moest zijn dat Kepler bedoelde en hij klom op de tafel om het gevaarte te bestuderen. Hij duwde en trok aan de buis, maar hij kon hem niet los krijgen. Toen herinnerde hij zich dat Kepler had gezegd dat hij het ding los moest schroeven en hij begon te draaien. Meteen draaide het uiteinde mee, er kwam een naad in zicht die zo flinterdun was dat hij pas opviel toen de schroefdraad meegaf.

Boy draaide nog een paar keer en de onderste helft van de buis kwam los van de bovenkant. Hij herinnerde zich Keplers waarschuwing dat hij de glazen lens niet mocht laten vallen en hij ging half onder de projectiebuis liggen. Het beeld van de stad buiten verscheen nu op Boys gezicht en borst, en een toevallige toeschouwer zou gezien hebben hoe er sneeuw over de jongen dwarrelde. Het sneeuwde over zijn ogen en gezicht, maar in tegenstelling tot de sneeuw buiten die tot een dik pak aangroeide vielen deze vlokken over zijn gezicht zonder de vloer te raken om de verschrikkingen daar af te dekken.

Hij had het ding nu bijna los en beet op zijn lip toen hij de onderste helft van de koperen buis voorzichtig van de bovenste helft liet zakken.

'Verroer je niet, rotjoch!' zei een stem bij de deur. Boy schrok zo erg dat hij overeind vloog en zijn hoofd tegen de camera stootte. Hij hield de lens stevig vast toen hij zijn benen van tafel zwaaide.

'Verroer je niet, zei ik!'

2

Even meende Boy dat hij tegenover mannen van de stadswacht stond. Drie kerels stonden in de deuropening, maar nu zag hij dat ze in plaats van het zwarte uniform van de wacht de donkergrijze kledij van de keizerlijke garde droegen. Door de witte pluimen op hun helm werd zijn laatste twijfel weggenomen. De stadswacht had rode of roze veren, alleen de keizerlijke garde droeg wit.

'Aan het plunderen? Dat leek je wel leuk, knul?' De leider kwam naar voren. 'Geef hier dat ding,' zei hij en hij wees naar de lens in Boys hand.

Boy was zo geschrokken dat hij niet meteen wist wat hij moest zeggen, maar toen herinnerde hij zich waar hij was. 'Nee,' zei hij. 'Ik steel helemaal niks. Ik woon hier.'

Dit leek de officier even van zijn stuk te brengen.

'Hoezo, je woont hier? Dit is het huis van Valeriaan, de magiër. Inmiddels overleden, hebben we begrepen. Verder woont hier niemand.'

'Wel waar!' riep Boy. 'Ik woon hier. Ik woon hier al jaren. Ik ben de jongen van het huis.'

'De jongen van het huis? Valeriaans zoon? Hij heeft geen zoon! Hou me niet voor de gek, jongen.'

'Nee, ik ben zijn zoon niet... Of misschien ook wel...'

Daar moesten de mannen om lachen en ze kwamen allemaal op hem af.

'Weet je dat niet eens!' zei de officier. 'Je woont hier al jaren en je weet niet of je wel of niet zijn zoon bent? Ik zal je uit de droom helpen, kleine schurk! Je bent een doodgewone dief. Maak dat je wegkomt. Wij hebben wel wat beters te doen.'

'Nee!' schreeuwde Boy. 'Ga zelf weg! Dit is het huis van Valeriaan en ja, hij is dood. Maar ik woon hier en dit is mijn huis, als het al van iemand is! Ik woonde bij hem!'

Nu keek de leider naar zijn twee mannen en toen weer naar Boy. 'Bedoel je dat je bij hem in dienst was?'

Boy knikte. 'Ik woonde bij hem en werkte voor hem. Ik was zijn assistent.'

'Als dat zo is nemen we je mee. We hebben opdracht alles mee te nemen wat van Valeriaan was en daar val jij ook onder, als je zijn hulpje was.'

Boy begon van de zenuwen te lachen. 'Dat meent u toch niet, hè?'

'Ga nu maar niet moeilijk doen. We laten je toch niet lopen. Het is makkelijker voor iedereen als je rustig meekomt naar het paleis.'

'Naar het paleis?' stamelde Boy. 'Dat meent u niet!'

'Nu is het welletjes,' zei de officier tegen zijn ondergeschikten. 'Uit mijn ogen met hem.'

Bij die woorden wilden de twee soldaten Boy vastgrijpen.

'Nee!' schreeuwde Boy. Met een blik op de soldaten sprong hij naar de plek bij de muur waar hij het valluik kon bedienen. Hij rukte aan de hendel. De grond tussen hem en de soldaten ging open en de boeken en papieren die er gelegen hadden schoven het gat in en tuimelden omlaag.

De soldaten waren heel even overdonderd, maar ze grijnsden toen ze door het luik keken en de gevaarlijke val in de diepte zagen, niet naar de overloop van de derde verdieping maar naar die van de tweede – een halsbrekende afstand.

'Dat zal je niet helpen!'

'Oh nee?' zei Boy, die de lens in zijn jaszak schoof en naar het gat stormde, waar hij het touw greep dat gebruikt werd om spullen de toren in te hijsen. Hij gokte dat het touw zo langzaam zou afrollen dat het zijn val enigszins kon breken, en omdat hij zo licht was, lukte het. Hij landde met een dreun op de tweede verdieping, maar de klap was niet zo hard dat hij niet meer overeind kon komen.

'Grijp hem!' schreeuwde een stem boven hem.

Boy ging staan en keek snel even naar boven. De soldaten keken op hem neer en constateerden dat hem niets mankeerde. Het eind van het touw was van de katrol geschoten en viel kronkelend om Boys benen.

'Sta niet zo stom te staren! Grijp dat joch! Neem de trap!'

Boy verspilde geen seconde tijd.

Met alle kracht die hij in zich had nam hij een sprong naar de trap en hij rende met drie treden tegelijk naar beneden. Toen hij op de begane grond stond, voelde hij zich veilig. Hij kon de soldaten over de overloop van de tweede verdieping horen bonken. Hij stoof door de hal naar de voordeur, maar plotseling raakten zijn benen ergens in verstrikt. Hij sloeg languit tegen de stenen vloer. Zijn pols deed gemeen zeer. Hij keek omhoog om te zien waar de aanval vandaan kwam en zag een soldaat over de balustrade hangen. Hij had de hele tros touw in een keer omlaag gemikt en die was tegen Boys kuiten geslagen tijdens het rennen.

Toen hij de voetstappen dichterbij hoorde bonken, krabbelde Boy moeizaam overeind en hij begon aan de voordeur te rukken. Hij kreeg de deur open en liep meteen tegen een vierde soldaat op, die daar op wacht stond om te zorgen dat er niemand naar binnen of buiten ging. De man was zo verrast dat het één tel duurde voor hij in actie kwam. Boy probeerde nog weg te duiken, maar het was al te laat.

Twee handen, toen vier, sleurden hem naar binnen en werkten hem tegen de grond.

'Zo, kleine rotzak!' zei de soldaat. 'Naar het paleis met jou.'

Ze haalden het touw, bonden zijn armen op zijn rug en trokken het daarna om zijn benen, zodat hij er gekneveld bij lag als een geslacht hert.

Geen van hen zag dat de lens uit Boys zak viel en door de sneeuw rolde.

Op straat stond een kar klaar, met een stevig trekpaard ervoor. Boy was het eerste toebehoren van Valeriaan dat op de kar werd gegooid, en een van de soldaten hield bij hem de wacht terwijl de andere drie de hele middag bezig waren met het inladen van alle spullen uit de torenkamer die niet samen met Boy door het luik waren gevallen.

Het was al donker toen de kar eindelijk langzaam in beweging kwam. Boy lag ongemakkelijk op zijn zij, half bedolven onder Valeriaans boeken en andere eigendommen. Zijn armen en benen waren al uren eerder gevoelloos geworden en het bleek lastig om met één oog in de gaten te houden waar ze heen gingen. Na een poosje gaf hij het op. Nu probeerde hij van de soldaten te weten te komen wat ze met hem van plan waren.

Hij kreeg geen antwoord.

'Toe nou,' smeekte Boy. 'Zeg dan ten minste waar we heen gaan.'

Een van hen draaide zich om en bromde: 'Dat hebben we al gezegd. Naar het paleis. Je bent nu van de keizer.'

3

Wilg stond bij de fontein van St.-Valentijn te wachten, maar Boy kwam niet opdagen. Het werd avond en de temperatuur daalde tot ver onder het vriespunt. Ze maakte een praatje met een oude vrouw die bij een vuurplaat met roosterende kastanjes stond te kleumen. Op het laatst werd de kou de vrouw te bar, en bij het weggaan keek ze nog even om naar het meisje en zei over haar schouder: 'Hij komt niet meer, hoor.' Wilg had geen woord over Boy gezegd. De vrouw schuifelde weg voordat Wilg kon reageren.

Wilg begon zich zorgen te maken. Ze hadden afgesproken dat ze elkaar zouden ontmoeten als de torenklokken zeven sloegen, maar het was inmiddels al ver na negenen. Wilg kreeg er genoeg van elke centimeter van de bevroren fontein te bestuderen, met de lange ijspegels die als slagtanden aan de spuwers hingen waar 's zomers het water uit spoot.

Er moest Boy iets zijn overkomen. Ze dacht aan de woorden van de oude vrouw en werd steeds ongeruster. Er moest iets ergs gebeurd zijn, want er kon geen misverstand bestaan over de plannen die ze hadden gemaakt.

Of... had ze hem misschien verkeerd begrepen? Zij was de meeste tijd aan het woord geweest. Misschien had ze alleen maar gehoord wat ze horen wilde – dat Boy met haar mee wilde.

Ze stampte met haar voeten op de bevroren grond bij de fontein en kreeg het steeds kouder.

Toen ze de vorige avond in De Veer hadden gezeten leek het allemaal zo makkelijk, maar hier buiten op de ijskoude straat was het een ander verhaal. Waar moesten ze onderdak vinden? Zij verdiende niet genoeg om twee monden van te voeden, laat staan dat ze een kamer kon huren. Misschien had Boy zich bedacht, had hij beseft dat het een stom plan was en misschien wilde hij niet eens zo graag bij haar zijn als zij bij hem. Hij had het nu best goed. Kepler had hem kleren gegeven en een fatsoenlijke kamer met een echt bed in een welvarend huis. Er was daar zelfs een onthutsend systeem van elektrische verlichting dat Kepler had uitgevonden. Waarom zou Boy dat alles in vredesnaam alles willen achterlaten om weer op straat te gaan leven?

In het theater had ze Boy maar amper gekend. Pas in die laatste vijf dagen van het jaar, toen zij en Boy verwikkeld waren geraakt in Valeriaans verschrikkelijke avontuur, was ze gaan beseffen wat ze voor hem voelde.

Wilg veegde wat sneeuw van de rand van de fontein en ging zitten. Met haar hoofd in haar handen begon ze te huilen.

De klok van de St.-Valentijn sloeg tien uur.

Nu werd Wilg kwaad. Als Boy besloten had dat hij niet bij haar wilde zijn, had hij dat minstens recht in haar gezicht kunnen zeggen in plaats van haar hier bij die fontein te laten doodvriezen. Ze werd nog kwader toen ze merkte dat ze zich schaamde omdat ze zo gek was geweest te geloven dat Boy om haar gaf, en ze vond dat hij maar eens moest merken hoe ze zich voelde.

Ze ging op weg naar Keplers huis. Ze was er twee keer eerder kort geweest en ze kende de weg. Het was een flink eind lopen, maar dan bleef ze in ieder geval in beweging en kreeg ze het misschien wat warmer.

Haar woede werd er niet minder op toen ze zo snel als ze kon door het dikke pak sneeuw van de steegjes in de stad ploeterde.

Maar toen ze op het Adam en Sofia-plein kwam, sloeg haar stemming weer om. Hier vlakbij was de Greep, waar ze samen met Boy net iets meer dan een week geleden was geweest. Ze had er nu niets te zoeken, maar deze buurt maakte een stortvloed aan herinneringen los aan de wanhopige tijd die ze hadden doorgemaakt bij hun eendrachtige poging Valeriaans leven te redden, om er vervolgens achter te komen dat hij het op Boys leven had voorzien. Ze mochten zich dan in Valeriaan hebben vergist, in Boy vergiste ze zich echt niet, want het was onmogelijk dat hij maar toneel had gespeeld bij wat er tussen hen was gebeurd. Weer begon ze ongerust te worden bij de gedachte dat hem iets overkomen moest zijn.

Toen ze bij Keplers voordeur kwam en de trekbel nog maar nauwelijks had aangeraakt, vloog de deur al open.

'Oh, ben jij het. Waar is hij?' Kepler leek verstrooid, een beetje boos zelfs, maar Wilg kon zien dat hij zich vooral zorgen maakte.

'Waar is hij?' vroeg Kepler weer.

'Mag ik binnenkomen?' zei Wilg. 'Alstublieft. Ik bevries.'

Kepler knipperde met zijn ogen. 'Ja...' zei hij en hij ging een stap opzij. 'Goed.'

Hij duwde de deur achter haar dicht en ging haar voor naar de studeerkamer.

'Nou?' vroeg Kepler, toen Wilg naar de haard liep en bij het vuur ging staan. 'Heb je hem gezien?'

Wilg schudde van nee. Ze merkte dat ze tot op het bot verkleumd was. Haar tanden klapperden en ze begon van top tot teen te rillen.

In zichzelf mompelend trok Kepler een stoel voor haar bij het vuur. Hij rommelde in zijn bureau en haalde een flesje tevoorschijn dat Wilg bekend voorkwam.

Ze schudde van nee, bang voor wat het drankje waarvan Valeriaan in de dagen voor zijn dood zoveel had genomen met haar zou doen, maar Kepler trok zich niets aan van haar protest.

Hij goot een dopje groene vloeistof in haar mond en wachtte af. Warmte en kracht golfden op zo'n verrukkelijke manier door Wilg heen dat ze zich op slag beter ging voelen. Ze voelde zich licht worden en kreeg zelfs zin om te lachen.

Kepler trok nog een stoel bij de haard en ging zitten.

'Nou, Wilg?' vroeg hij weer.

Wilg schudde haar hoofd. 'Ik kwam hem hier juist zoeken. We hadden afgesproken...' Ze zweeg, in het besef dat Kepler het niet mocht weten, maar hij staarde in de vlammen en werd zo in beslag genomen door zijn eigen gedachten dat hij het niet merkte of erg vond.

'Ik heb hem vanochtend om een boodschap gestuurd en hij moest meteen terugkomen...'

'Waar naartoe?' vroeg Wilg.

Kepler keek haar aan. 'Hè?'

'Waar moest hij van u naartoe?'

'Naar Valeriaans huis.'

'Wat?' riep Wilg uit. 'Hoe kon u dat nou doen? Er kan hem daar van alles...'

'Hoezo?' snauwde Kepler. 'Wat kan hem daar gebeuren? Het huis is leeg. Er is niets gevaarlijks aan. Niet meer. Niet nu Valeriaan dood is.'

'Toch had u hem er niet heen moeten sturen. Dat kan hem geen goed doen.'

Kepler haalde zijn schouders op. 'Ik wil net zomin als jij dat hem iets overkomt.'

'Oh nee?' zei Wilg scherp. 'En waarom niet?'

'Neem nou maar van mij aan dat ik het beste met hem voorheb. Dat kun jij toch niet begrijpen.'

'Als dat waar was, zou u hem niet naar dat huis hebben gestuurd.'

Kepler deed zijn mond open om Wilg af te snauwen, maar deed hem toen weer dicht. Met gefronste wenkbrauwen dacht hij snel na. 'Het gaat erom waar hij nu is. Hij kan nergens anders heen, behalve de straat weer op, en dit is de koudste winter sinds mensenheugenis.'

Wilg knikte. 'Dat is zo. Ik had het niet mogen zeggen. Maar ik zit zo over hem in, dat ik...'

'Het Gele Huis. Dat is de enige plek waar ik hem kan gaan zoeken. Blijf jij maar hier bij het vuur om warm te worden, dan ga ik...'

'Nee,' zei Wilg vastberaden en ze kwam overeind. 'Ik ga mee.'

'Onzin,' zei Kepler. 'Je bent niet fit genoeg om naar buiten te gaan. Ik zorg nu voor de jongen. Jij kunt hier blijven tot…'

'Nee!' schreeuwde Wilg. 'Ik ga mee. U hebt het recht niet mij te vertellen wat ik wel of niet moet doen. Als het u ook maar een zier kan schelen hoe ik me voel, geeft u me nog een slok van dat spul en helpt me om Boy te vinden!'

Bij die woorden duwde Kepler haar het flesje in handen en ging een jas halen.

Glimlachend keek Wilg hem na. Ze nam nog een slokje van het medicijn en deed het flesje in haar zak. Ze trof Kepler in de hal aan, waar hij zich in een lange winterjas worstelde. Aan zijn voeten stond een grote zak van canvas, die hij oppakte en met een zwaai op zijn rug hing.

'Klaar?' zei hij.

'We gaan, meneer Kepler,' zei Wilg energiek en ze liep voor hem uit naar de deur en ging de avond vol wervelende sneeuw in.

De kerker

Het oord van de verraderlijke verhalen

1

Boys eerste indruk van het paleis van keizer Frederick was dat het er niet gastvrij kon zijn.

Het leek alsof de wagen urenlang heuvelopwaarts naar de paleismuren bleef zwoegen, maar toen ze bijna bij de poort waren draaiden ze een pad op dat achterom liep, langs de rand van de verhoging waarop de muren waren gebouwd. Dit pad eindigde bij een zwaar ijzeren hek aan de voet van de paleisheuvel. Achter het hek ging een lange, lage tunnel diep de grond in onder de paleisgebouwen.

Bij het licht van fakkels keek Boy omhoog naar het beschimmelde plafond van de onderaardse gang, waar de mannen zelf de kar doorheen moesten trekken omdat het er te laag was voor een paard. Hier en daar zag hij verdedigingsgaten, waar pijlen of kruisbogen door konden worden afgevuurd als er een poging werd gewaagd het paleis van die kant aan te vallen.

Ver boven Boys hoofd, boven op de rotsbodem van de paleisheuvel, zetelde de schitterende, uitgestrekte pracht en praal van het paleis zelf, maar daar kon Boy niets van zien. Tegen de donkere avondhemel gloeide het paleis als een kostbaar juweel, met in elk sierlijk venster vlammende fakkels die nog meer gloed gaven aan de glans van de vergulde koepel van de paleiskapel en de spits van de klokkentoren. Het paleis was een wonderbaarlijk oord, gebouwd om gewone stervelingen te imponeren met de onnavolgbare grootsheid van de keizerlijke stamboom. De bouw had jaren geduurd en iedere keizer had iets nieuws laten aanbouwen in een poging zijn voorganger te overtreffen met een nog indrukwekkender torenspits of absurde toren. Het resultaat was een reusachtig, naar de hemel reikend samenraapsel van bouwkundige waanideeën dat zich uitstrekte over de hele heuvel ten zuiden van de rivier. Het paleis was in zichzelf gekeerd, het was tenslotte niet de bedoeling dat het gewone volk in de stad het spektakel kon bewonderen. Het volk was al genoeg onder de indruk van de hoge muren en kantelen aan de buitenkant. De ware pracht van dit oord was alleen van binnenuit zichtbaar, in de grote hofzaal of vanaf het keizerlijk gazon en de prachtige tuinen. Daar kon men met open mond staan staren naar de vele vergulde daken, met koper beslagen koepelgewelven en gebeeldhouwde pronkstukken van marmer.

Veel van dat schitterends ging nu schuil onder een dik pak sneeuw, maar Boy had het sowieso niet kunnen zien. Hij werd voetje voor voetje door de tunnel gevoerd naar een bredere, hogere ruimte diep onder de grond, waar de kar werd omgekieperd en hij met alle andere eigendommen van Valeriaan op de koude, keiharde plavuisvloer viel.

Hij hoorde het gepiep van een deur of hek en vervolgens het geknars van een zwaar hangslot dat werd vastgemaakt. Voetstappen stierven weg en daarna werd het doodstil.

Boy worstelde en kronkelde om zich op zijn rug te draaien, en toen het hem eindelijk lukte kon hij met pijn en moeite overeind komen om met zijn rug tegen de muur te leunen.

Het was aardedonker om hem heen. Zijn pols deed pijn van de val in het huis, hij had het koud en was moe.

Ingespannen tuurde hij rond, maar hij zag geen hand voor ogen. Wel drong er iets tot hem door.

Een geluid.

Eerst klonk het nog veraf en zwak, maar het kwam dichterbij en zwol aan. Het was een schuifelend, schrapend geluid, zacht maar log, dat vergezeld ging van een lage, hortende ademhaling, alsof iets of iemand half gewurgd werd. Maar bijna op hetzelfde moment dat Boy er zeker van was dat hij het zich niet verbeeldde, stierf het geluid weg en verdween. Iets anders bleef achter. Een geur.

De geur van vers bloed.

2

Wilg en Kepler stonden op de drempel van het Gele Huis en wisten dat er iets mis was. Ze hadden geen sleutel van het huis, maar die hadden ze ook niet nodig. De sneeuw op de stoep en op straat was een verwarde bende voetstappen en karrensporen. De deur stond op een kier.

'Dieven?' fluisterde Kepler.

'Misschien zijn ze nog binnen,' zei Wilg aarzelend.

'Dan moeten we voorzichtig doen.' Kepler deed een stap naar voren en zijn voet stootte tegen iets in de sneeuw. Hij keek naar de grond en raapte het op. Verbaasd zag hij dat het de lens was.

'Wat is dat?' vroeg Wilg.

'Dit is het ding dat de jongen voor me moest gaan halen.'

Ze waren er beiden stil van en keken weer naar de open deur van het Gele Huis.

Binnen was het donker en ze hadden geen licht bij zich.

Op hun hoede gingen ze naar binnen en wachtten tot hun ogen gewend waren aan de duisternis. Vanaf de met fakkels verlichte straat viel door de smerige ramen in de hal maar een heel zwak schijnsel het huis in.

Ze luisterden scherp. Ze hoorden geen enkel geluid, maar ze waren er toch niet gerust op. Het huis ademde onraad, alsof er een wild dier in schuilging dat aan kon vallen.

Ze gingen naar boven en merkten dat ze onweerstaanbaar werden aangetrokken door de wenteltrap die naar de toren leidde.

Door het hoge glazen bovenraampje op de overloop van de derde verdieping viel iets meer licht, zodat ze gemakkelijker hun weg konden vinden in de toren, maar nog steeds bewogen ze zich heel voorzichtig.

Instinctief gingen ze regelrecht naar de gehavende kern van het huis. Kepler liep voorop en ze zagen in een oogopslag dat de torenkamer met geweld was leeggeroofd. Niets van waarde was in het vertrek achtergebleven. Alle boeken waren weg, evenals alle wetenschappelijke apparatuur en de magische uitrusting die het vertrek zijn identiteit hadden gegeven. Er waren alleen nog kapotte instrumenten of spullen die te zwaar waren om versjouwd te worden, zoals de projectietafel van de camera obscura en de oude leren leunstoel.

Kepler schudde zijn hoofd. 'Wat is hier in vredesnaam gebeurd?' zei hij.

Wilg wist geen antwoord. 'Kunnen we het risico nemen licht te maken?' vroeg ze. 'Hij had altijd een doosje lucifers op de vensterbank liggen...' Ze ging kijken en vond de lucifers op de plek waar ze ze voor het laatst had gezien.

Kepler draaide zich naar haar om en knikte. 'Steek maar aan,' zei hij. 'De schurken zijn allang verdwenen.'

Wilg streek een lucifer af en hield hem boven haar hoofd, zodat het zwakke lichtje wat gloed aan de kamer gaf.

'Kijk uit!' gilde ze opeens, maar op hetzelfde moment zag ook Kepler dat vlak bij zijn voeten het valluik open lag en een gapende zwarte muil in de grond vormde.

Hij deed een stap achteruit.

'Ze hebben kennelijk alles gestolen wat ze maar mee konden nemen...'

'Wie?'

Kepler haalde zijn schouders op. 'Dat weet ik niet.'

'Maar waar is Boy?' vroeg Wilg.

Kepler rommelde door de puinhopen.

Wilg sloeg een kreet toen het vlammetje haar vingers brandde en ze liet de lucifer vallen.

'Snel!' zei Kepler. 'Steek er nog een aan! Ik zie iets.'

Wilg streek weer een lucifer af en opnieuw verspreidde zich een lichtvlekje.

'Daar!' zei Kepler. 'Aan die kant!'

'Wat is het?' vroeg Wilg en ze volgde Kepler voorzichtig naar de rand van het gat, waar iets op de grond zijn aandacht had getrokken.

Hij pakte het op.

Het was een witte veer.

'Wat is daarmee?' vroeg Wilg gespannen. 'Wat betekent het?'

'Het betekent dat onze inbrekers machtige lieden zijn. En ik denk dat het betekent dat ik weet waar de jongen is. In het keizerlijk paleis.'

'Hoe weet u dat dan?' vroeg Wilg.

'Door de veer. Die veer hoort bij het uniform van de keizerlijke garde. Hij is in het paleis.'

Weer liet Wilg de lucifer vallen en stonden ze gehuld in duisternis.

'Ik ga hem daar weghalen,' zei Kepler, meer tegen zichzelf dan tegen Wilg.

'Ik zal u helpen. Ik ga mee.'

'Deze keer niet, meisje!' zei Kepler gedecideerd. 'Ik heb er genoeg van dat je steeds in de buurt ben. De jongen hoort bij mij en ik heb jouw hulp niet nodig. En de jongen heeft jou ook niet nodig. Jij gaat terug naar het weeshuis en je mag me dankbaar zijn dat ik werk voor je heb gevonden!'

Wilg zei niets.

Ze wist wat haar te doen stond, of Kepler het nu leuk vond of niet, en bekvechten had geen zin. Zonder een woord vertrok ze uit de toren en liet het huis achter zich.

Kepler bleef piekerend in de ravage van de toren achter.

'Jongen!' zei hij hardop in de zware duisternis. 'Het was niet de bedoeling dat dit al zo snel zou gebeuren. Het is te vroeg. Maar jouw lot ligt nu in mijn handen. Je hoort bij mij.'

Hij haalde de lens uit zijn zak en hield hem stevig vast.

'En ik heb in ieder geval dit ding...'

3

Heel, heel lang zag en hoorde Boy helemaal niets. Het was alsof hij tegelijkertijd doof en blind was geworden en hij begon in paniek te raken. Op het laatst hield hij het niet meer uit en hij begon te schreeuwen in de duisternis, al was het maar om zichzelf te bewijzen dat zijn oren het nog deden.

'Hallo! Hallo?'

Zijn stem stierf weg met een korte, doffe echo. Het deed hem denken aan die vochtige ondergrondse gangen waar Valeriaan achter hem aan had gejaagd en hij gruwde bij die herinnering.

'Hoort iemand me? Laat me hier alstublieft niet zitten!'

De loodzware stilte viel over hem heen zodra zijn stemgeluid werd gedempt door de benauwende stenen muren en het lage, klamme plafond. Hij wilde net voor de derde keer gaan schreeuwen toen hij een vleug opving van de geur die hij eerder had geroken. Zijn hart begon sneller te kloppen, maar hij hoorde niets. Misschien was het niet zo'n goed idee om hier in het niets te zitten schreeuwen.

Hij legde zijn hoofd weer op de koude stenen grond en bleef een tijdje stilliggen, nog steeds omwikkeld als een geslacht dier.

Hij moest even hebben geslapen.

Hij werd wakker doordat er ruw aan zijn enkels werd getrokken.

Overal leken handen aan zijn lijf te sjorren, maar hij zag nog steeds niets, verblind als hij nu was door het licht van veel olielampen.

'Wat…?' wilde hij zeggen, maar de lucht sloeg uit zijn longen toen hij over iemands schouder werd gegooid.

'Schiet op,' zei een stem. 'Hij heeft een pestbui. En alles moet precies zo gaan als hij het wil.'

'Alsof dat iets nieuws is,' zei een andere stem.

In hoog tempo werd Boy door een lage, naargeestige tunnel gedragen, maar hij had het gevoel dat ze nu omhoog gingen, op weg naar de echte wereld. Daar kon hij een beetje blij om zijn. Misschien was daar iemand met wie te praten viel, aan wie hij alles kon uitleggen om zichzelf vrij te pleiten. Dit moest wel een stomme vergissing zijn. Hij kon toch zeker niet écht aan de keizer toebehoren. Net als de meeste andere stadbewoners kende Boy alleen vage verhalen over de keizer – dat hij stokoud was en waarschijnlijk niet goed bij zijn hoofd. Niemand wist er het fijne van.

Toen zijn ogen gewend raakten aan de lichtjes die voor hem uit dansten, zag hij dat hij gedragen werd door een man in een lange rij dragers die allemaal een onbestemde last meesjouwden. Omdat hij ondersteboven bungelde kon hij alleen vermoeden wat het was, maar toen de rij dragers een grotere, met fakkels verlichte tunnel binnen gingen, wist hij zeker wat ze meetorsten. Valeriaans spullen. Alle eigendommen van Valeriaan.

Voordat hij zich kon afvragen wat er aan de hand was, werd Boy afgeleid door iets anders. Daar was die geur weer. Hij wrong zich in allerlei bochten om te zien waar die vandaan kwam en bij het vage schijnsel kon hij net een kleine, ruw uitgehouwen opening onderscheiden naar een trap die van deze gang naar beneden liep. De toegang werd versperd door een ijzeren traliehek dat afgesloten was met een ketting met een hangslot.

Boy kon zien dat de trap achter de tralies smal en gruwelijk steil was. Hij werd al misselijk als hij ernaar keek. Toen stortten ze zich weer de duisternis in en niets wees erop dat er ooit een einde aan zou komen.

'Lig toch stil, snotaap,' snauwde de man die hem droeg. Boy ging weer slap hangen en ze gingen de ingang van de donkere trap voorbij.

Hun pad bleef stijgen en nu gingen ze een bocht om en liepen ze drie stenen treden op. Daar was een deur en plotseling was het overal om hem heen stralend licht.

Ze waren in een lange, prachtige, rijkelijk versierde gang, met een glanzend gewreven houten vloer. Helder ochtendlicht stroomde door hoge glas-in-loodramen naar binnen. Aan de wanden hingen in sierlijke lijsten enorme portretten van mensen die vorstelijk gekleed gingen.

De gang leek onmetelijk lang en toen ze eindelijk aan het eind kwamen, gingen ze een hoek om en de lange rij mannen ging precies nog zo'n gang door.

Pas na een lange tocht over een trap en vervolgens weer door ontelbaar veel glinsterend gouden gangen en vertrekken drong het tot Boy door dat hij echt in het keizerlijk paleis was.

Voor zich uit hoorde hij stemmen, en ondersteboven hangend zag hij dat ze in een ruimte kwamen die groot genoeg was om een balzaal te zijn. Een wand werd in beslag genomen door enorme ramen, die meer licht binnenlieten dan Boys ogen konden verdragen. Hij kneep zijn ogen dicht en op dat moment werd hij op een tafel gekwakt. Hij knipperde met zijn ogen en probeerde zich om te draaien op de zij die minder pijn deed.

'Lig stil, snotaap!' snauwde zijn drager weer en hij gaf de jongen een draai om zijn oren. Boy bleef met knipperende ogen liggen.

Toen hij aan het licht gewend raakte, kon hij zijn ogen openhouden en hij waagde het om zich heen te kijken. Er stonden groepjes mannen en anderen kwamen nog steeds binnen door de ingang waar Boy vandaan was gekomen, allemaal droegen ze steeds meer spullen van Valeriaan aan. Boy kon niet bijhouden hoeveel er binnenkwamen met een stapel van wel tien of meer dikke, in leer gebonden boeken, die ze op lange, gewreven eikenhouten tafels neerlegden, net zulke tafels als waar hij op lag.

Af en toe keek iemand even naar hem, maar als hij de aandacht probeerde vast te houden werd hij genegeerd, alsof hij niets anders was dan een uitheemse diersoort of een of andere bezienswaardigheid op de markt.

Opeens ontstond er opwinding en de dragers liepen haastig langs de tafels en verdwenen. Er klonk een klaroenstoot aan de andere kant van de hal en de groepen mensen verspreidden zich en stelden zich toen op in een keurige rij. Iedereen boog belachelijk diep.

Een nerveuze stem riep: 'Zijne keizerlijke hoogheid, zijne majesteit Frederick!'

Boy kronkelde zich om en keek naar de andere kant van het vertrek.

Een lange, ontzagwekkende gedaante in golvende bloedrode gewaden kwam zwierig binnen. Er heerste volslagen stilte.

Evenals veel andere mensen in de stad had Boy vaak betwijfeld of er achter de hoge muren van het paleis wel echt een keizer leefde. Hij was in geen jaren meer in de stad gezien. Het leven in de stad leek heel goed zonder hem te kunnen en ging gewoon verder; sommige mensen geloofden zelfs dat hij niet meer was dan een legende.

Nu zag Boy met zijn eigen ogen een imposante, machtige man met een kaalgeschoren hoofd die dwars door de balzaal liep, en hij wist dat de geruchten vals waren. De man werd gevolgd door een tweede figuur. Een oud kereltje, vorstelijk gekleed maar nietig, strompelde achter de keizer aan. De keizer zelf ging staan wachten met zijn ene hand op een zo weelderige stoel dat het wel een troon moest zijn.

Boy keek verbaasd toe. De rij mannen bleef met hun hoofd tot bijna op hun knieën gebogen staan, terwijl het oude mannetje met korte, springerige pasjes door de zaal hompelde. Hij kwam bij de troon, ging zitten en legde toen met gesloten ogen zijn hoofd achterover.

Ten slotte deed hij zijn ogen weer open, hij draaide zich om en keek naar de lange man naast hem.

'Dit kan maar beter de moeite waard zijn, Maxim,' zei hij klaaglijk. 'Ik ben niet meer hier beneden in de oostelijke staatszalen geweest sinds... enfin, dat herinner ik me niet eens meer, maar er zijn veel te veel trappen op weg hierheen. Had me liever met een draagstoel laten halen.'

'Mijn excuses, keizerlijke hoogheid,' zei Maxim.

En nu begreep Boy het. Het miezerige oude mannetje was de keizer, niet die trotse figuur in het rood.

Keizer Frederick. De laatste van de stamboom, minstens tachtig jaar oud, zonder naaste familie om hem op te volgen.

'Het is mijn vaste overtuiging,' vervolgde Maxim, 'dat u alles te zien moet krijgen wat wij uit het huis van de magiër hebben gehaald. En ik herinner me dat u zelf hebt gezegd dat de oostelijke balzaal de enige ruimte was die groot genoeg...'

'Klets niet!' snauwde Frederick. 'Dat heb ik helemaal niet gezegd. Ik verander nooit van mening, dat weet je best! Wat is er mis met de hofzaal? Die is twee keer zo groot en vele verdiepingen dichter bij mijn vertrekken! Waag je het mij tegen te spreken, Maxim?'

'Zeker niet,' zei Maxim toonloos. 'Ik twijfel niet aan uw woorden, sire. Maar sommige voorwerpen waren... enigszins moeilijk om zo ver te dragen. Zullen we?'

Maxim maakte een uitnodigend gebaar naar Frederick, maar de keizer sloot zijn ogen en schudde zijn hoofd. 'Ik zie het zo ook wel. Begin maar.'

Maxim knipte met zijn vingers. De rij buigende hovelingen schoot overeind, de een sneller dan de ander. Een aantal oudere mannen kwam moeizaam omhoog, met hun handen hun rug ondersteunend. Ze voegden zich bij Maxim, die langs de rij tafels liep om de daarop tentoongestelde voorwerpen te bekijken.

Het lukte Boy niet rechtop te gaan zitten, zodat hij een scheef beeld kreeg van wat er gebeurde. Toch had hij het gevoel dat er iets bekends was aan Maxim. Het zat hem in de manier waarop hij zich bewoog, aan hoe hij naar de keizer keek en hoe hij zich leek te beheersen wanneer hij sprak. Er was iets onrustigs aan hem, iets gretigs, al wist Boy niet precies wat het was.

'Magische apparatuur, sire!' kondigde Maxim aan vanaf de overkant van de zaal.

Frederick geeuwde, opende heel even zijn ogen en sloot ze toen weer. 'Waarom moet dit voor dag en dauw?' mopperde hij tegen Maxim. 'Je weet toch dat ik maagpijn krijg als ik vroeg op moet staan.'

'Het loopt al tegen de middag,' zei Maxim kalm, 'en de zaak leek me te dringend om uit te stellen. Met deze toverwerktuigen zouden we wel eens het geheim kunnen ontdekken van occulte krachten die ons van dienst kunnen zijn bij ons onderzoek.'

Boy keek naar de dingen die Maxim aanwees en fronste zijn wenkbrauwen. Hij zag niet in hoe een kist waarin je konijnen kon laten verdwijnen en een apparaat waarmee je tijdens Valeriaans optreden rookgordijnen optrok, nut konden hebben voor iets waar de keizer naar op zoek was.

Maxim en de andere leden van de hofhouding liepen verder en bleven toen bij de volgende groep tafels staan.

'Boeken, sire,' kondigde Maxim aan, maar Frederick hield zijn ogen dicht en maakte een wegwerpgebaar met zijn hand.

'Nou en? We hebben al zo veel boeken.'

Maxim beet op zijn tong. 'Ja, sire, maar de magiër stond erom bekend dat hij boeken met wonderlijke krachten in zijn bezit had. Bepaalde. Boeken.'

Hij zweeg even, in de veronderstelling dat Frederick hierop zou reageren, maar de keizer luisterde nauwelijks.

Maxim zuchtte en ging verder. 'Het is heel goed mogelijk dat in een van deze boeken de oplossing van ons onderzoek ligt. Ik zal mij aan de taak wijden iedere pagina uit te spellen om de kleinste aanwijzing te vinden.' Hij wuifde naar de honderden boeken die in slordige stapels op de tafels lagen. En daarmee houd ik hem wel een tijdje zoet, dacht hij, maar hij zei het niet hardop.

In plaats daarvan trok hij zijn gezicht in een brede, onechte glimlach en vervolgde: 'In feite ben ik er zelfs absoluut zeker van dat we daar ons antwoord zullen vinden. De magiër...' Maar halverwege zijn zin zweeg hij abrupt. Zijn aandacht werd afgeleid door iets wonderlijks. Opgekruld op een van de tafels, met zijn handen en benen achter zich gebonden, lag een magere jongen met stekelig haar.

Even was hij van zijn stuk gebracht. Hij keek vragend naar een van de dragers, die hem haastig iets in het oor fluisterde.

'De famulus van de magiër!' riep Maxim uit.

Frederick hoestte en deed zijn ogen open. Hij volgde de richting van Maxims wijzende hand en zag Boy liggen. 'De wat?' sputterde hij.

'Het knechtje van de magiër,' verklaarde Maxim. 'Zijn leerling. Zijn... jongen. We hebben hem in het verwoeste huis gevonden. Hij hoorde bij de magiër. Wij geloven dat wij hem goed kunnen gebruiken om veel praktijken en vaardigheden van de magiër uit te leggen.'

Boy trok zijn wenkbrauwen op en wilde maar dat hij zijn neus kon krabben, want hij begon vreselijke jeuk te krijgen.

Er heerste diepe stilte. De keizer keek met sloom knipperende oogjes naar de jongen.

'Maxim, ik ben het beu,' zei hij.

'Maar sire, dit is een belangrijke ontwikkeling in ons onderzoek. Zo komen we bij...'

'Hou toch op!' jammerde Frederick. 'Hou je mond! Zo kom je helemaal nergens. Ik wil bij mijn lunch zien te komen en ik heb nog niet eens ontbeten.'

'Sire...'

'En jij, Maxim, komt dicht in de buurt van de beul als je zo doorgaat.'

'Sire, ik...'

'Begrijp me goed, Maxim. Ik wil dat je slaagt met dit onderzoek. Niets is belangrijker. Maar hoe je dat doet, kan me geen zier schelen. Hoor je dat? Laat een draagstoel komen om me naar mijn ontbijt te brengen en zorg ervoor dat die ellendige kok de eieren goed kookt. Je weet dat ik ziek word van eieren die te zacht zijn. Ik zweer je dat hij me probeert te vermoorden.'

'Ja, sire, ik...' probeerde Maxim nogmaals, maar de keizer luisterde niet.

'Ik begin mijn geduld te verliezen. En dat meen ik. Zorg jij nu maar snel dat je die oplossing vindt. Waar blijft die ellendige draagstoel? Ik heb niet de hele dag de tijd, weet je. Ik heb niet eens genoeg tijd om vóór de lunch nog te ontbijten, en je weet dat ik hoofdpijn krijg als ik tussen de ene en de andere maaltijd niet lang genoeg kan rusten. Jij probeert mij ook te vermoorden! Maar dat kun je wel vergeten.'

De keizer kwam overeind. 'Kom, Maxim! We zullen terug moeten lopen, al weet je heel goed dat ik verschrikkelijke last van mijn voeten heb. Als ik onderweg bezwijk, zul je me moeten dragen.'

Hij dribbelde in hoog tempo door de zaal en Maxim ging achter hem aan.

'Hou me bij, Maxim! Hou me bij!' drong Frederick aan. 'Oh, en nog iets. Laat dat joch in de rivier gooien. Hij is te vuil om aan te zien en draagt vast enge ziektes bij zich. Jij denkt ook nooit aan mijn welzijn! Nooit! Het is maar een ordinair straatjoch dat hogerop wil komen, hoor. Het idee! Daarbuiten lopen er nog duizenden van zijn soort rond. Deze hele stad lijkt wel een verzameling gore bedelaars die om een aalmoes smeken. Maar dat kunnen ze vergeten. Smijt hem in de rivier en breng me mijn ontbijt. Maxim!'

Hij was aan het einde van de zaal gekomen en verdween om een hoek.

'Sire,' riep Maxim en hij ging snel achter hem aan. 'Ik kom al, sire.'

Boy had zich met een schok opgericht. Hij deed nu zijn best te gaan zitten en viel prompt van de tafel.

Wachters holden naar de plek waar hij kronkelend op de grond lag.

'Zo,' zei een van de hovelingen. 'Jullie hebben zijne majesteit gehoord. De rivier in met hem.'

Bij die woorden werden Boys kleren vastgegrepen. Weer werd hij over iemands schouder gegooid.

'Nee!' schreeuwde hij. 'Nee!' Hij wilde blijven protesteren, maar er werd een opgepropte zakdoek in zijn mond geduwd die hem belette geluid te maken.

'Vlug een beetje,' zei een man. 'We hebben vandaag nog meer te doen.'

Boy vocht, maar het was zinloos. Vier paar handen hielden hem stevig vast, zo stevig dat er geen ontsnappen mogelijk was.

Hij spuugde de zakdoek uit. 'Dit kan zomaar niet!' gilde hij terwijl hij de mannen die hem droegen probeerde te schoppen. 'Ik heb niks gedaan! Dit kan zomaar niet!'

De mannen zeiden niets terug, maar een van hen gaf Boy met zijn vlakke hand een klap tegen zijn achterhoofd.

'Wat een snotaap!' zei hij tegen zijn metgezellen.

Ze liepen snel door een smalle, donkere gang en de ruw uitgehouwen stenen voor hen gingen glooiend omlaag.

'We kunnen hem net zo goed daarginds neerkwakken,' mompelde een man.

'Waar?'

'Je weet best wat ik bedoel.'

'En daarmee een andere arme stakker redden,' zei een andere stem.

'Je hebt gehoord wat hij zei,' zei de eerste stem. 'Gooi hem in de rivier en ga weer aan het werk.'

Daarna werd er geen woord meer gezegd.

De mannen versnelden hun pas. Boy verdubbelde zijn pogingen om los te komen en kreeg opnieuw een klap tegen zijn hoofd, vergezeld van een stomp tussen zijn ribben. Nu kon hij het geluid horen van water dat ergens in de buurt stroomde.

'Goed, laten we dit varkentje even wassen.'

Boy wist dat ze op een ondergrondse kade stonden. Hij kon het water horen en ruiken. Hij besefte dat hij weer bij de rand was van de ondergrondse doolhof aan kanalen en catacomben waar Valeriaan hem meedogenloos had achtervolgd in de dode dagen voor het einde van het jaar en van Valeriaan zelf. Er moest dus in ieder geval een verbinding zijn tussen het paleis en die koude, natte, verborgen wereld onder de stad.

'Let op!' schreeuwde een man. 'Ik tel tot drie...'

Boy had zijn smeekbedes opgegeven, maar hij kronkelde en trapte heviger dan ooit. Hij was machteloos en hij wist dat hij als een baksteen zou zinken zodra hij het water raakte.

'Eén!' schreeuwde de man.

'Twee!'

Toen klonk er een heel andere schreeuw achter hen.

'Stop!'

Boy herkende die bevelende stem al. Die was van Maxim.

Twee mannen aarzelden. De derde was al bezig Boys knieën naar buiten te zwaaien en verloor nu zijn greep. Boys achterwerk zakte half onder water. De twee die hem bij de schouders vasthielden verloren bijna hun evenwicht, waardoor het weinig scheelde of ze waren allemaal in het water gevallen.

Maxim rende op de mannen af, en met zijn hulp werd Boy snel uit het water van de onderaardse rivier gered.

De mannen deden een stap bij hem vandaan toen hij op de kade lag.

'Heer?' zei een van hen, met een vragende blik naar Maxim.

Door zijn eigen ervaring met het leven bij Valeriaan voelde Boy aan waar de verhouding tussen de mannen en Maxim op was gebaseerd. Angst.

Valeriaan. Nu wist Boy aan wie Maxim hem had doen denken toen hij de man die eerste keer in de balzaal had gezien. Ze deelden die vreemde mengelmoes van wanhoop en angstaanjagende macht.

Maxim nam het tafereel in ogenschouw. Hij wrong de zoom van zijn gewaad uit, die door het water had geslierd.

'De keizer mag dan vinden dat hij de jongen niet nodig heeft,' zei hij, 'maar ík heb hem wel nodig. Laat hem aan mij over.'

De mannen schuifelden een paar passen achteruit, op weg naar de traptreden het paleis in.

'Heel goed, heer,' zei een van hen.

Boy rolde zich om en speelde het klaar op zijn knieën te gaan zitten. Hij keek op naar Maxim.

'Oh ja,' zei Maxim toen de mannen weggingen, 'één ding nog. Vergeet wat hier gebeurd is. Als iemand ernaar vraagt, hebben jullie de jongen in de rivier gegooid zoals je is opgedragen. Ik zal me verder wel om hem bekommeren.'

Boy, die vanaf zijn middel tot zijn voeten doorweekt was, zat druipend op de stenen tegels en rilde, want hij kon geen spoortje troost ontdekken in die woorden van Maxim.

5

Bijna vijftig meter onder de glanzende marmeren vloer van de hof-zaal lag Boys lichaam te slapen, maar zijn geest was heel ergens an-ders. In een koortsachtige droom zocht hij zich een weg door een stenen gang, die stikdonker was en overal afbrokkelde. Hij dacht dat er wel een einde aan zou komen toen hij een steile trap op ging, maar tot zijn ontzetting merkte hij dat hij juist naar beneden liep over de ene steile traptrede na de andere.

Tegen zijn wil bleven zijn voeten automatisch doorlopen, ze trok-ken hem steeds dieper omlaag naar het onbekende dat op hem wachtte. Zonder een spoortje twijfel wist hij dat er onder aan de don-kere trap iets was wat hem van het leven wilde beroven.

De treden van de smalle trap waren niet breed genoeg voor zijn hele voet en de afdaling was zo griezelig steil dat hij ervan duizelde.

Hij keek over zijn schouder naar boven, maar hij kon de ingang boven aan de trap niet meer zien. In paniek draaide hij zich om en stapte mis. Hij gleed weg, sloeg languit voorover langs de angstaan-jagende trap en viel in suizende vaart het gevaar tegemoet.

Hij gilde het uit.

Toen schrok hij wakker.

6

Boy had geen idee hoe lang hij al opgesloten zat.

Nadat Maxim hem had gered van de verdrinkingsdood in de on-deraardse rivier, was hij aan zijn nekvel meegesleurd door raadsel-achtige gangen naar een hoge, gewelfde ruimte ergens diep onder het paleis. Tegen de muren was een rij gevangeniscellen, gebouwd met een hekwerk van ijzeren tralies aan drie kanten en de stenen ker-kermuur aan de achterkant. De tralies gingen door tot aan het pla-fond en maakten ontsnappen onmogelijk.

Boy kon links en rechts van hem minstens drie cellen zien en aan de overkant een identieke rij, verlicht door een walmende olielamp die aan een lange ketting in het midden van het plafond bungelde.

Maxim had de deur van zijn cel dichtgezwaaid en met een sleutel in het slot gerammeld.

'Ik kom terug,' was het enige wat hij zei toen hij vertrok.

Maar Boy had er geen idee van hoe lang geleden dat was.

Stom genoeg was het bij geen van zijn overweldigers opgekomen om Boy te fouilleren, dus hij had nog steeds zijn pinnetje om sloten open te kunnen breken op zak.

Nadat Maxim was vertrokken wachtte hij nog een hele tijd en keek om zich heen. Voor zover hij bij het zwakke licht kon zien, waren de andere cellen leeg. Toch meende hij een paar keer ergens aan de overkant van de ruimte iets te horen.

Hij peuterde in het slot en algauw had hij de tuimelaars in de juiste stand. Het slot draaide en weer wachtte Boy even, terwijl hij om zich heen keek. Er gebeurde niets. Op zijn tenen sloop hij de cel uit naar het midden van de kerker, waar de olielamp hing.

In het duister kon Boy niet meteen de hele kerker overzien. Wel zag hij de omtrek van groepen cellen langs de muren en midden in de ruimte een eenvoudige vuurplaats, met daarboven een beugel voor een kookpot of een ketel. Er stond nog meer in het midden: een krakkemikkige tafel en een stoel die veel van een houten troon weg had. Boy ging het van dichtbij bekijken. De stoel en tafel deden hem nog even denken aan attributen die Valeriaan op het toneel had gebruikt, maar toen drong het tot hem door wat ze in werkelijkheid waren: er zaten sloten op de leuningen van de stoel en aan het einde van de tafel zat een gemeen tandrad.

Boy besloot geen seconde langer te wachten.

De kerkervloer liep aan een kant licht omhoog, en op het hoogste punt in de muur was de deur waardoor Maxim was verdwenen.

Boy liep snel naar de deur en probeerde de klink. De deur zat natuurlijk op slot, maar aan de binnenkant kon hij nergens een sleutelgat ontdekken.

Boys hart begon te bonken en hij rammelde met geweld aan de klink. Het hielp niets. Met zijn rug tegen de deur ging hij op de grond zitten en hij vroeg zich af wat hij nu moest doen.

Roerloos zat hij een tijdlang te tobben hoe hij kon ontsnappen, maar toen er niets bij hem opkwam begon hij aan andere dingen te denken. Waar zou Wilg nu zijn en wat deed ze? Hij vroeg zich af wat ze gedacht moest hebben toen hij niet was komen opdagen bij de fontein.

Zijn gepieker werd verstoord door het geluid van voetstappen. Hij vloog overeind, zo snel hij kon sprong hij terug naar zijn cel en deed de deur achter zich op slot. Nu hij in de val zat, konden zijn bewakers maar beter niet weten dat hij sloten open kon breken en zijn eigen cel uit kon. Net toen Boy het pinnetje terugstak in zijn zak, vloog de deur aan het einde van de ruimte met een klap open.

Boy was verbaasd en ook wel een beetje opgelucht toen hij zag dat het niet Maxim was die binnenkwam, maar een kleine kromme man, kaal, met sjofele kleren aan. Dat betekende dat er op zijn minst nog een ander mens was die wist waar Boy zat, zodat zijn leven niet uitsluitend afhing van Maxims interesse in hem.

De man droeg een dienblad met twee kommen erop. Hij kwam naar Boys cel toe en zette het blad op de grond. Pas nu kreeg Boy in de gaten dat de man blind was. Zijn ogen waren open, maar ze hadden een lege, ongerichte blik. Boy vroeg zich af hoe hij zo doelbewust door de ruimte naar juist die ene cel kon lopen waar hij zat. Het moest wel betekenen dat de man dit al veel vaker had gedaan.

De blinde cipier pakte een kom op en schoof hem tussen de tralies door. 'Alsjeblieft,' zei hij. 'Zorg dat je er lang mee doet.'

Boy keek naar de houten kom en zag een kwak grijze smurrie. Er was geen lepel bij.

De man kwam overeind en pakte het blad met de tweede kom weer op.

'Wacht!' riep Boy uit. 'Ga niet weg! Vertel me wat er aan de hand is! Wat gaan ze met me doen?'

De man bleef niet staan. 'Ik zou het niet weten,' zei hij onder het lopen. 'Ik breng alleen het eten maar.'

'Wacht! Kom alstublieft terug!' riep Boy, maar de cipier was al aan de andere kant van de ruimte en lette niet meer op hem.

Boy stond op en begon door de cel te ijsberen. Hij probeerde aan niets anders te denken dan aan mogelijkheden om te ontsnappen uit het smerige hol waarin hij terecht was gekomen.

Na een tijdje bleef hij staan. Een oplossing zag hij niet, maar wel kwam het idee bij hem op dat hij iets belangrijks te weten was gekomen.

Hij wist nu dat er in een van de andere cellen nog iemand zat – de tweede kom eten moest voor een andere gevangene bestemd zijn.

Boy keek naar zijn eigen prak.

Hij besloot dat hij het maar beter kon opeten en daarna gaan uitzoeken wie er nog meer in de kerker opgesloten zat, maar hij had nog geen hap genomen of de olielamp begon te flakkeren en het licht werd minder.

Algauw gaf de lamp de geest en Boy zat in volslagen duisternis te eten. Nu hij niets kon zien, durfde hij geen stap meer te wagen en hij ging liggen.

Na een tijdje verbeeldde hij zich dat hij iets hoorde – een geluid alsof ergens iemand aan het zingen was. Het was zo'n zacht, ver geneurie dat hij er niet zeker van kon zijn of zijn oren hem niet bedrogen, en even later hoorde hij het al niet meer, hoe ingespannen hij ook luisterde.

Daarna viel er helemaal niets meer te horen of te zien. Nu zijn zintuigen niet meer geprikkeld werden stond hem alleen nog een spookachtig beeld voor ogen – het beeld van een stenen trap die omlaag liep naar het duistere onbekende.

7

Twee hele dagen bleef Wilg bij de paleismuren rondhangen en probeerde ze een manier te vinden om dat uitgebreide stelsel van gebouwen binnen te komen. Om het paleis goed verdedigbaar te maken waren er betrekkelijk weinig poorten. Het paleis was overigens nog nooit aangevallen door vijandige legers of plaatselijke rebellen. Langgeleden had het keizerrijk in groot aanzien gestaan en het was zo enorm machtig geweest dat geen leger een invasie had aangedurfd. Tegenwoordig, nu het keizerrijk alleen nog vergane glorie was, vonden de meeste mensen het paleis alleen nog een rare bezienswaardigheid. In naam werd de stad nog altijd door het paleis bestuurd, maar in werkelijkheid werd het beleid bepaald door allerlei gilden, bondgenootschappen en organisaties. De stad en het paleis leefden meestal volledig langs elkaar heen.

Maar dankzij de waanideeën en ijdelheid van een lange reeks vreemde keizers, die in gekte niet voor elkaar onderdeden, had het paleis altijd vastgehouden aan de opvatting dat deze gewichtige vesting beschermd moest worden door streng toezicht te houden op wie er kwamen en gingen. Ondanks de huidige staat van verval bleef de reputatie overeind van het paleis als een zetel van invloed, weelde en grote kennis, die als een magneet werkte op reizigers uit het hele werelddeel.

Wilg was uit het weeshuis weggelopen zonder zelfs haar weekloon te vragen. Nu zwierf ze voor het eerst van haar leven op straat en ze was er al achter hoe dat al die jaren voor Boy moest zijn geweest. De honger vrat aan haar scherpe onderscheid tussen goed en kwaad en ze had een half brood gestolen van een straatventer. Maar zodra ze het had opgegeten, begon ze zich schuldig te voelen en had ze zich heilig voorgenomen het driedubbele bedrag aan de marktkoopman terug te betalen zodra ze geld had.

Nu zat ze op een stenen paaltje tegenover een hoofdingang van het paleis, de Oosterpoort. Evenals de andere hoofdingang, de Noorderpoort, was dit een zwaar bewaakt vestingwerk. Wilg had de gang van zaken urenlang in de gaten te houden om te zien of er een zwakke plek in de pantsering was die haar de kans gaf binnen te glippen, maar ze kon niets ontdekken. Iedere handelaar en andere bezoeker moest zich aan een getralied loket melden en het doel van zijn komst verklaren. Bijna iedereen zwaaide met een belangrijk papier naar de wacht binnen voordat het zware ijzeren valhek omhoog werd getrokken om hem toe te laten.

Geen mens die er niets te zoeken had kwam de Oosterpoort binnen. Wilg wist dat het bij de Noorderpoort precies zo ging, want daar had ze gisteren uren doorgebracht om het terrein te verkennen.

Troosteloos zat ze op het paaltje en ze kreeg het steeds kouder. Het was laat in de middag en het sneeuwde onafgebroken. De zon had zich in geen dagen meer laten zien en het leven in de stad kwam langzamerhand stil te liggen. Wilg had twee kooplui horen mopperen dat er voedselschaarste zou komen als het zo door bleef sneeuwen. Ze keken eerst nog bedrukt, maar kikkerden algauw op bij de gedachte dat ze hun prijzen konden verhogen als de voorraad slonk.

Wilg stond op en begon aan haar zoveelste rondje om het paleis. Onder aan de heuvel liep langs de hele muur een straat met keitjes, die de Plantage werd genoemd, omdat hij aan weerskanten door lindebomen werd omzoomd. In de zomer was hier een heerlijke ruisende beschutting tegen de zon, maar in de winter waren de bomen grillige, bladloze staken die erbij stonden als vingers die beledigend naar de hemel werden opgestoken.

Wilg had meer dan een halve kilometer gelopen toen ze weer in de buurt van de Noorderpoort kwam. Ze staarde opnieuw naar de onneembare vesting en haar aandacht werd door iets getrokken.

Ze hield al het komen en gaan steeds goed in de gaten, maar nu viel haar vooral één man op. Hij droeg een grote zak over zijn schouders en na een lang gesprek met twee soldaten werd hij door de buitenhekken gelaten.

Wilg holde eropaf en kon nog net zien hoe de man door een andere wacht over het oplopende pad naar de binnenhekken werd geleid. Opeens hoorde ze voetstappen achter zich en voor ze zich kon omdraaien werden haar armen van achteren beetgepakt.

Ze wrong zich los en draaide zich met een ruk om. 'Kepler!' riep ze uit.

Kepler stond haar met gefronst voorhoofd aan te kijken. 'Wilg!' zei hij. 'Waarom verbaast het me niet dat ik jou hier zie?'

8

Op de derde dag kwam Maxim bij Boy langs.

Hij bleef buiten de cel staan waar Boy lag weg te rotten, dan weer wakker, dan weer in slaap en altijd geteisterd door honger.

'Zo, jongen,' zei hij. 'Hoe heet je?'

Boy begreep niet goed wat hij bedoelde. Maxim keek hem aan op een manier die hem verlamde. Boy keek terug. De man was lang, minstens zo lang als Valeriaan, maar hij was breder en zwaarder. Zijn gezicht was enigszins rond, misschien omdat de jaren begonnen te tellen, maar het was een markant gezicht, met krachtige ogen en neus. Hij had geen haar, waardoor zijn toch al grote oren nog meer opvielen. Hij had een stem zo diep als die van de duivel.

'Geef antwoord, onbeschoft joch!' blafte hij Boy opeens toe. 'Hoe word je genoemd?'

Nu begreep Boy het. Natuurlijk wist die man daar voor hem niet dat niemand het ooit de moeite waard had gevonden om hem een echte naam te geven.

'Gewoon. Boy,' zei hij.

'Als je leuk wilt zijn,' dreigde Maxim, 'raakt mijn geduld sneller op dan je lief is.'

'Ik doe niet leuk,' zei Boy. 'Zo word ik altijd genoemd.'

Maxim zweeg even.

'Jij...'

'Ik heb geen andere naam,' zei Boy behulpzaam.

'Je moet een andere naam hebben,' zei Maxim. 'Boy kan toch niet meer zijn dan een bijnaam?'

'Nee hoor. Iedereen noemt me zo. Dat probeerde ik net te zeggen. Ik ben als zwerfjongen opgegroeid. Mijn ouders zijn onbekend.'

'Wat zielig,' zei Maxim onvriendelijk. 'Enfin, dan noem ik je ook maar zo. Luister. Jij gaat mij helpen. Ik heb informatie nodig en die kun jij me geven. Als je me vertelt wat ik weten wil, beloon ik je door je hier levend en wel weg te laten gaan, de straat weer op. Als je me teleurstelt, zul je hier doodgaan.'

Boy deed een stap achteruit, al waren er tralies tussen hen in. 'Wat...' zei hij, 'wat wilt u dan dat ik doe? Ik weet niets.'

'Jazeker wel. Jazeker,' zei Maxim. 'Tot voor kort was jij de famulus van de magiër Valeriaan. Correct?'

Boy gaf geen antwoord.

'Correct?' schreeuwde Maxim.

'Ja,' zei Boy. 'Ja, dat klopt.'

'Dan moet je van zijn geheimen hebben geweten. Je hielp hem met zijn werk op het toneel en daarbuiten. Kijk niet zo verbaasd. Dacht je dat ik geen mannetjes in de stad had? Ik heb overal spionnen zitten en ik weet veel over Valeriaan. Zo weet ik bijvoorbeeld dat hij meer was dan de eerste de beste goochelaar. Correct?'

Boy knikte. 'Ja, maar ik heb nooit geweten...'

'Hou je mond,' zei Maxim scherp. 'Wacht tot je iets gevraagd wordt. Goed, ik weet dat jij meer weet van zijn toverkunsten en ik weet ook dat hij vlak voor zijn dood naar iets op zoek was. Naar een boek. Weet je daarvan?'

Boy kreeg het ijskoud. 'Nee,' zei hij. 'Ik weet niets van een boek.'

Maxim kwam dicht tegen de tralies van de cel staan. 'Je liegt. Lieg niet tegen me, jongen, anders roep ik iemand die je heel erg pijn zal doen. Vertel me over dat boek.'

Alleen al het noemen van het boek maakte dat Boy het gevoel had dat zijn hart van ijs werd. Hij wist hoe gevaarlijk het was, hij had gezien wat het boek Valeriaan en Kepler had aangedaan, hij kende die bedrieglijke kracht. En toch wilde hij het boek ook hebben.

'Ik weet niet wat u bedoelt,' zei Boy, die achterwaarts zijn cel in liep om nog verder bij Maxim vandaan te komen. Zijn hielen stootten opeens tegen de muur en hij schrok. 'Ik bedoel,' zei hij, 'dat ik wel iets van zijn kunsten weet en ook dat hij heel veel boeken had, maar ik ken die boeken niet. Ik kan niet goed lezen, ziet u.'

'Schei toch uit!' zei Maxim. 'Hou me niet voor de gek! Ik weet dat je op de hoogte bent van een bepaald boek, een heel bijzonder boek. Waar is het? Heeft Valeriaan het voor zijn dood nog gevonden? Vertel op!'

Boy schudde zijn hoofd en hoopte dat zijn stem niet te erg beefde. 'Ik weet het niet!' riep hij uit. 'Echt niet. Ik weet wel iets van zijn trucs en sommige spullen die hij gebruikte, maar ik weet niets van een bijzonder boek.'

Met een kwaad gezicht draaide Maxim zich om. Boy hield zijn adem in en vroeg zich af of hij overtuigend genoeg was geweest. Duizend gedachten raasden door zijn hoofd toen hij koortsachtig probeerde te bedenken wat Maxim van het boek kon weten, en zo ja, wie hem dat dan verteld had. En nog belangrijker was waarom hij het hebben wilde.

Maxim draaide zich weer naar hem toe.

'Hier laten we het voorlopig bij,' zei hij. Niets aan hem verried of hij Boys verhaal geloofde of niet. 'Ik kom snel weer terug. En de volgende keer kun je beter loslippiger zijn. Knoop dat in je oren. Ik kan hier beneden veel bloed gebruiken, jongen, dus denk goed na wat je wel en niet weet. Denk heel goed na.'

Hij liep weg, waarbij hij dreigend naar Boy bleef kijken, draaide zich toen op zijn hakken om en ging zwierig de deur uit.

9

Maxim beet op zijn lip. Hij stond rechts naast Fredericks troon te wachten terwijl de keizer de situatie voor hem bekeek.

De hofzaal was vol. De gebruikelijke menigte was komen opdraven.

De artsen. Een lamlendig zootje met minder medische kennis dan Maxim, maar ze dienden hun doel. Frederick was nooit echt in orde. Hem mankeerde altijd wel iets – of liever gezegd, hij beeldde zich altijd in dat hem iets mankeerde. De dokters waren bruikbaar voor Maxim. Hij kon hun de schuld geven van het zwakke gestel van de keizer en dat deed hij dan ook, zodat Fredericks klachten niet op zíjn hoofd maar op dat van de artsen neerkwamen. En als de zeldzame gelegenheid zich voordeed dat Frederick 's ochtends zei dat hij zich wel wat beter voelde dan anders, eiste Maxim alle lof op en deed hij alsof hij de artsen had opgedragen beter hun best te doen.

Ook waren er de sterrenwichelaars, de astrologen. Maxim had weinig vat op deze groep. Niet dat ze meer ruggengraat vertoonden dan de artsen, maar ze waren over het algemeen zo onvoorspelbaar. Ze droegen de symbolen van hun beroep – punthoeden versierd met sterren – en liepen altijd rond met kaarten en diagrammen. Frederick hechtte grote waarde aan astrologische berekeningen en hij was nergens toe over te halen als Saturnus ongunstig stond. Maxim deed zijn best om munt te slaan uit de informatie van de sterrenwichelaars om zijn positie te versterken, maar ze hadden er een handje van elk ogenblik met onverwacht nieuws op de proppen te komen waar Frederick totaal van in paniek kon raken. Dan beschuldigde hij Maxim meteen van trouweloosheid of zelfs van verraad, en in het gunstigste geval liet hij het bij een scheldpartij vol kritiek op Maxims gebrek aan zorgzaamheid voor zijn keizer, diens gezondheid en algeheel welbevinden.

Er waren alchemisten, die beweerden goud te kunnen maken, er waren beoefenaars van zwarte kunst en allerlei andere zogenaamde magiërs – en Frederick had genoeg vertrouwen in dat zootje om ze aan te houden. De meesten waren idioten die tot niets in staat waren, maar er waren ook geslepen geesten bij die genoeg succes boekten om Maxim slapeloze nachten te bezorgen. Frederick leefde kennelijk in de veronderstelling dat de oplossing van zijn problemen bij dit soort mensen lag. Hij luisterde met weerzin naar Maxims suggestie dat er misschien te veel van hun soort aan het hof waren en dat ze minstens tien van die lui konden lozen.

Dan was er de hofhouding zelf, met de hele entourage en aanhang – de edelen en burgers, allemaal uit machtige, rijke families, de hertogen en hertoginnen, baronnen en baronessen, maar geen van hen kon aanspraak maken op de troon. Als Frederick doodging, was dit de kliek waar Maxim het bangst voor was. Ze spanden samen, waren allemaal even hebberig en dachten alleen aan hun eigen belang. Maxim herkende die drijfveer maar al te goed, omdat hij zelf net zo was, en juist daardoor vreesde hij die eigenschap in anderen.

Dan was het huishoudelijk personeel er nog, maar de meeste bedienden bleven achter de schermen.

Maxim stond aan het hoofd van deze bonte verzameling en het was zijn taak om ervoor te zorgen dat alles in het paleis op rolletjes liep en dat Frederick op elk gewenst moment van de dag en de nacht vertroeteld werd.

Nu stond Maxim bij Fredericks troon te wachten tot de keizer was uitgedacht over de aanstelling van de zoveelste occultist.

Fredericks hof had niet meer zo veel invloed als vroeger, maar verhalen over de nog altijd enorme rijkdom werden wijd en zijd verteld en dagelijks meldde zich een aantal nieuwe sollicitanten bij de paleispoorten in de hoop bij de keizer in de gunst te komen en vervolgens stinkend rijk te worden.

De nieuwste gegadigde voor een betrekking aan het hof was een nog jonge man met dun haar en loensende ogen. Maxim maakte zich meer zorgen over de jongen in de kerker dan over hem. Maxim was ervan overtuigd dat Boy meer moest weten van het boek. Zijn spionnen hadden gemeld dat het teruggevonden was en Maxim wist dat Valeriaan ernaar op zoek was geweest. Als de magiër het inderdaad gevonden had, kon het niet anders of die jongen moest toch weten waar het nu was.

Maxim geloofde terecht dat alleen het boek een oplossing kon bieden voor zijn hachelijke situatie. Er moest een uitweg zijn uit het lastige parket waarin hij dankzij Frederick terecht was gekomen, maar hij had al van alles geprobeerd en nergens een antwoord kunnen vinden.

Door niets of niemand liet de keizer zich tegenhouden bij zijn meedogenloze pogingen de zo vurig gewenste onsterfelijkheid te bereiken. Steeds lag het risico op de loer dat hij zomaar genoeg kon krijgen van zijn trouwe rechterhand.

Tot nu toe had Maxim wel vrede gehad met de verhoudingen binnen het paleis. Hij boezemde iedereen respect in, als het geen angst was. Hij woonde in luxueuze vertrekken. Maar het kon niet eeuwig zo doorgaan en Maxims sluwe machtsspel liep niet meer zo gladjes. Hij speelde het nu nog klaar om Frederick bij te staan in zijn waanzinnige zoektocht en tijd te winnen tot hij had uitgebroed hoe hij zijn positie en macht kon behouden, of de keizer nog leefde of niet. Maar zover was hij nog niet, nog lang niet. Maxim zag in dat het boek hem uit de brand kon helpen, welke oplossing hij er ook in zou vinden.

'Je zegt dat je de toekomst kunt voorspellen?' vroeg Frederick. Hij vroeg het niet rechtstreeks maar sprak tegen Maxim.

Maxim herhaalde de vraag en de man knikte gretig.

'Oh, jazeker,' zei hij. 'Oh, jazeker!'

'Goed,' zei Frederick tegen Maxim. 'Zoek uit wat hij kan.'

'De keizer wenst een voorbeeld van die vaardigheid te zien,' zei Maxim.

'Graag. Natuurlijk!' zei de man, die op was van de zenuwen. Hij begon in zijn tas te rommelen en haalde een blad en bekers tevoorschijn.

'Ik vraag een van u,' zei hij, struikelend over zijn woorden, 'om dit balletje onder een van de bekers te verstoppen en...'

'Genoeg,' zei de keizer zacht.

Maxim deed een stap naar voren. 'Hou maar op!' zei hij tegen de man. 'We hebben hier al meer dan genoeg goochelaars. Wat wij zoeken is echte, onvervalste helderziendheid. Je moet iets veel beters kunnen laten zien. Laat me een voorbeeld geven.' En hij riep naar achter in de hofzaal: 'Wolfram! Kom hier!'

Gemompel verspreidde zich door de zaal toen de menigte uiteenweek om een merkwaardig type door te laten. De man liep naar de verhoging waar Frederick zat. Hij was gewoontjes gekleed en droeg een hoed waar bruine veren uit staken. Onder het lopen mompelde hij in zichzelf. Hij was een van de zieners aan het hof, altijd druk in de weer met een glazen bol om Fredericks toekomst te lezen. Deze waarzegger in het bijzonder moest behoorlijk goed zijn, want hij was al jaren aan het hof. Wie zelden gelijk had, verdween meestal snel.

'Sire?' zei hij op vlakke toon.

Frederick knikte naar Maxim.

Maxim draaide zich om naar de man. 'Je beweert dat je de toekomst kunt voorspellen. Voorspel die dan ook. Wat staat jou binnen vijf minuten te wachten?'

De man liet zijn tas vallen en veegde zijn voorhoofd af.

'Ik... ik weet niet...' stamelde hij, maar toen kreeg hij zich weer in bedwang. 'Ik bedoel dat het me een eer zal zijn uw gulle aanbod te accepteren en bij u in uw dienst te komen.' Hij dwong zich tot een brede glimlach.

Maxim keerde zich nu naar de ziener. 'Ziener?' vroeg hij.

Voor het eerst vertoonde Wolframs gezicht een spoortje emotie. Hij sloot even zijn ogen en fronste zijn voorhoofd. Hij deed zijn nu vochtige ogen weer open, maar zijn stem klonk toonloos, bijna wezenloos, toen hij Maxim antwoord gaf. 'Hij gaat sterven.'

Dat was alles. Hij draaide zich om en slofte de menigte weer in.

'Ha!' zei Frederick. 'Heel juist! Dat zag hij goed!'

De man begon te protesteren. 'Dat kunt u niet doen. Hij kan niet... Het is doorgestoken kaart! U kunt me niet zomaar doden...'

Hij deed een stap naar voren en graaide opeens een mes uit zijn tuniek. Onmiddellijk werd hij door twee soldaten ingesloten en zonder pardon ter plekke doodgestoken.

'Domme man,' zei Frederick. 'Hup, voer hem af! Sta daar niet te staan! Hij bloedt op mijn tapijt.'

Maxim zuchtte. Het was een tafereel dat hij al te vaak had gezien om het nog langer vermakelijk te vinden.

Zijn gedachten keerden terug naar de vreemde jongen in de kerker.

10

Boy verspilde geen seconde tijd toen de blinde cipier weg was.

De man was weer langsgekomen met de etensprak en omdat hij kennelijk had geroken dat de lamp uit was, had hij ook petroleum bij zich.

Hij maakte geen haast toen hij de lamp aan de lange ketting in het midden van het plafond liet zakken en de petroleum in het onderstuk goot. Uit de verte zag Boy in het midden van de kelder de vonken opspatten en de lamp brandde weer.

De cipier hees de lamp omhoog, bracht Boy zijn eten en vertrok, weer met die tweede kom op het dienblad.

Zodra hij weg was, pakte Boy zijn pinnetje en liet hij zichzelf opnieuw vrij. Hij liep regelrecht in de richting waarin de cipier was verdwenen, naar de muur achter in de kerker.

Hij negeerde met opzet de martelwerktuigen in het midden toen hij er langsliep, en op dat moment hoorde hij in de verte weer zingen. Het klonk vaag, maar nu, bij het zwakke schijnsel van de lamp, wist Boy dat hij niet droomde en het zich ook niet inbeeldde.

Toen hij over de helft was en de lamp achter zich liet, werd het weer zwarter en zwarter om hem heen. Hij bleef staan tot zijn ogen gewend raakten aan de diepe duisternis en ging verder.

Het zingen klonk dichterbij. Het was een mannenstem, maar hij klonk hoog en trillend.

'Hallo?' riep Boy.

Niets, alleen dat gezang. Nu kon hij enkele woorden verstaan en het liedje had iets bekends, maar daar stond hij niet bij stil.

'Je vlucht toch niet
nu je boot bijna af zal varen?
Je blijft toch wel
om de zachte regen te ondergaan?'

Toen zag hij iets – een speldenknopje licht, zo klein dat hij eerst niet zeker wist of zijn ogen hem bedrogen. Maar na een paar passen in die richting werd het licht krachtiger, al bleef het klein. Een helder lichtpuntje, glinsterend als een juweel in de diepe duisternis van de kerker.

Hij kwam dichterbij en zag een rij cellen die hem niet eerder waren opgevallen. Ze waren net als zijn eigen cel tegen de muur gebouwd in een reeks van vier of vijf.

Voorbij de cellen was het licht, en nu zag Boy dat het van een raampje kwam, uitgehakt in de harde rots, een klein raam dat niet veel breder was dan twee handen naast elkaar. Het werd in vier stukken verdeeld door een hard kruis van ijzer en zelfs Boy zou niet meer dan twee vingers door de gaten kunnen steken.

Hij kwam nog dichterbij en het zingen ging maar door.

'Bedenk wel in de ochtend
dat de avond misschien niet komt.
Bedenk wel in de avond
dat de ochtend misschien niet komt.
Dans, lieve mensen, dans,
voordat je de donkere trap afdaalt.'

'Hallo?' zei Boy weer. Hij wist dat dit de plek was waar de cipier de andere kom voer naartoe bracht.

'Hallo?' probeerde hij nog eens.

Nog steeds niets. Hij moest nog dichterbij gaan staan.

Hij merkte dat hij oppervlakkig en snel ademhaalde, met korte, ongelijke happen lucht. Als tegenwicht begon zijn hart sneller te kloppen in een poging genoeg zuurstof door zijn lijf te pompen. Hij stond nu op armlengte afstand van het raampje. Het was net iets boven zijn hoofd, hij ging dichterbij staan en stak een trillende hand naar het rooster uit. Op zijn tenen probeerde hij naar binnen te kijken, en een warm oranje licht gleed als vuur over zijn gezicht. Hij hield zijn adem al in, maar bij het zien van wat daarbinnen was werd hem helemaal de adem benomen.

Het was een kamer van behoorlijke omvang, al was hij niet erg groot. Er was een laag plafond, anders dan het hoge gewelf in de kerker, en het was kennelijk een soort bijvertrek dat in de rotswand was uitgehouwen. De kamer hoorde nog bij de kerkers, maar daarmee hield iedere overeenkomst met die smerige, kale ruimte op.

Het was een prachtige kamer. Er was licht van twee olielampen, de ene op een kleine tafel, de andere hangend aan het plafond. Dikke vloerkleden bedekten de ruwe rotsbodem. Er stonden een bureau met een gestoffeerde stoel erbij en een klein, fraai bed met luxueuze lakens en mollige kussens in rood en goud. Er waren twee klerenkasten en een ladekast, ook weer van de fijnste kwaliteit. Een kleine spiegel in een dikke, sierlijke gouden lijst hing aan de wand boven een wastafel waarop een mooie porseleinen waskom en bijpassende waterkan stonden. Er was zelfs een kleine open haard, met een schoorsteen die dwars door het gesteente helemaal naar boven naar het paleis moest zijn uitgehakt en tot in de koude stadslucht reikte, want er hing geen zweem van rook in de kamer en het vuur trok goed.

Boys ogen werden groot van verbazing toen hij hem zag – de man die aan het zingen was.

Hij zat in een lage leunstoel bij het vuur. Boy deed zijn mond open om iets te zeggen, maar de woorden bleven in zijn keel steken.

Maar hij was opgemerkt.

'Vraag me niet om eten. Ik heb alles opgegeten. Je kunt niets van me krijgen.'

Boy was nog te verbijsterd om iets te kunnen zeggen.

De man begon weer te zingen. Boy pijnigde zijn hersens af, maar hij kon niets bedenken om te zeggen of te vragen, afgeleid als hij was door het liedje. Hij kende het. Hij kende het, maar kon er met geen mogelijkheid op komen waarvan.

'Wie bent u?'

Het was een eenvoudige vraag, maar de man leek ervan in de war te raken. Hij keek even naar Boy op en staarde daarna in het vuur. Hij gaf geen antwoord.

'Ik ben Boy,' zei Boy. 'Zo word ik genoemd... Boy. Wie bent u?'

De man keek hem weer aan. Hij was oud, vrij lang en hij maakte de indruk vroeger zelfs heel sterk te zijn geweest. Hij had een kort, puntig grijs baardje en zijn trekken waren fijn, maar zijn ogen waren doods.

'Ik?' vroeg hij. 'Ik? Dat... ben ik vergeten.'

Hij zweeg en keek weer om zich heen.

Boy stamelde een volgende vraag. 'Wat doet u hier beneden?'

Zodra hij het had gezegd, wist hij dat het een stomme vraag was en hij probeerde een andere.

'Bent u de baas hier? Past u op de gevangenen?'

De man begon te lachen, eerst zachtjes, toen steeds harder.

'Gevangenen?' zei hij. 'Welke gevangenen? Ik ben hier beneden nog de enige.'

Boy liet zich op zijn hielen zakken. Zijn voeten deden pijn omdat hij aldoor op zijn tenen moest staan bij het raampje. Hij keek om zich heen of hij een deur naar de kamer zag, maar kon er geen ontdekken. Hij probeerde zich aan zijn vingers op te hijsen om het zich makkelijker te maken.

'Hoe lang al?' vroeg hij. 'Wanneer bent u hier voor het eerst gekomen?'

De man keek hem met knipperende ogen aan. 'Ik begrijp je niet.'

Boy voelde ijskoude angst door zich heen kruipen. De man kon zich zijn naam niet herinneren, en Boy kon niet begrijpen hoe je je eigen naam kon vergeten als je het geluk had er een te hebben. Tenzij het heel lang geleden was dat iemand die naam had uitgesproken. Boys vraag naar de tijd bracht de man ook van zijn stuk. Hoe lang rotte hij al in de kerker?

Maar toch klopte het van geen kanten. Waarom zat die man er zo gerieflijk bij als hij een gevangene was? Waar waren die mooie kleren en fraaie meubels voor? Als hij gevangen zat, was het wel in een vreemde, gouden kooi.

'Waarom zit u hier?' vroeg Boy.

'Te lang al,' zei de man vaag.

Nu had hij een vraag voor Boy. 'Hoe zei je dat je heette?'

'Ik word Boy genoemd, en ik moet hier zien weg te komen.'

'Ik heb hier al lang geen mens meer gezien,' zei de man, die Boy kennelijk niet tot de mensen rekende. 'Ze houden hier geen gevangenen meer. Ze brengen ze meteen door...'

'Wat bedoelt u?' vroeg Boy.

'Ze houden hier niemand meer gevangen. Meestal nemen ze niet de moeite te wachten, maar brengen die lui regelrecht door. Dat zullen ze met jou ook wel gauw doen.'

'Wat bedoelt u? Waar naartoe dan?'

'Weet je dat niet?' vroeg de man. 'Weet je dat niet?'

Hij zweeg en in de stilte hoorde Boy zichzelf naar adem snakken.

'Weet je dat niet?' herhaalde de man. 'Dan hou ik mijn hart voor je vast. Maar misschien is het wel beter dat je niet weet wat je te wachten staat.'

'Wat dan?' drong Boy aan. 'Zeg het dan!' Hij drukte zijn gezicht tegen het ijzeren kruis in het raampje. 'Alstublieft!' smeekte hij. 'Wat is het? Wat? Een dier?'

'Nee!' zei de man. 'Het is geen dier. Het is iets anders. Een levende, maar ze noemen hem het Fantoom.'

En nu wist Boy dat het ging om het onbekende uit zijn nachtmerries, het griezelige dat zich onder aan de donkere trap schuilhield. Het Fantoom.

'Zo meteen komt hij de kom halen,' zei de man achteloos. 'Hij kan je hier maar beter niet aantreffen!'

Boy zweeg, in de war.

'De cipier. Voor de kom.' De man knikte naar de tafel waar de lege kom stond. 'Ga bij dat raam weg!' fluisterde hij.

Boy deed het en zag op hetzelfde moment een deur aan de andere kant van de kerker opengaan.

Hij dook weg en besefte dat de cipier eerst deze kom en daarna die van hemzelf zou komen halen.

In elkaar gedoken sprintte hij zo stil als hij kon terug naar zijn eigen cel, vastbesloten om zodra hij de kans kreeg naar de man terug te gaan.

Weer was Boy alleen. Gedachten tolden door zijn hoofd – gedachten aan zijn tijd met Valeriaan, de donkere dagen vlak voor het einde, aan zijn tocht naar De Trompet waar een man vermoord was en aan Wilg die het lijk van Korp had gevonden in de geheime kamer van het theater. Een slachtoffer van het Fantoom.

Het Fantoom dat al jaren een schrikbewind voerde in de stad.

Het Fantoom dat leefde in het oord waar Boy nu in de val zat.

11

Hoog boven de catacombe waar Boy gevangenzat sneeuwde het maar door over de stad, met hier en daar een vlokje dat schitterde in het flakkerende fakkellicht dat over de paleismuren gleed.

Beneden in de kerkers wachtte Boy af, en zodra de cipier weg was sloop hij opnieuw naar het verlichte raampje.

De oude man had zich niet verroerd. Hij zat nog steeds in zijn leunstoel in het vuur te staren.

Boy voelde zich onbehaaglijk, alsof hij de man begluurde, maar hij was al opgemerkt.

'Ben je daar weer? Ben je hier nog steeds? Ik dacht dat ze je al afgevoerd hadden.'

Boy probeerde de onuitgesproken betekenis van die woorden te negeren.

'Wat u zei over het Fantoom...' zei hij. 'Hoe weet u dat? Hoe weet u dat het om hetzelfde monster gaat dat moordend door de stad gaat?'

De man keek op.

'Ik heb zitten denken,' zei hij. 'Ik heb zitten denken en ik weet het weer.'

'Wat weet u weer?' vroeg Boy geduldig.

'Ik weet mijn naam weer.'

'Oh, mooi,' zei Boy. 'Hoe heet u dan?'

'Bedrich,' zei de man. 'Tenminste, dat denk ik.'

Boy zuchtte. 'Nou,' zei hij, 'dan zal ik u maar Bedrich noemen.'

De man moest hier even over nadenken. 'Ja,' stemde hij toen in. 'Ja, dat is een goed idee. Of was het toch Gustav...?'

'Bedrich vind ik wel mooi klinken,' zei Boy snel en toen lachte hij. 'Zo ga ik u noemen.'

Bedrich knikte, met iets van een glimlach.

'Vertelt u het me dan? Over het Fantoom.'

De vage glimlach verdween onmiddellijk van Bedrichs gezicht. 'Waarom wil je dat?' vroeg hij.

'Nou, gewoon...' zei Boy.

Hij besefte dat dit waar was. Hij kon gewoon niet meer ophouden met denken aan het Fantoom.

'Omdat hij iemand vermoord heeft die ik kende. Iemand voor wie ik werkte, zal ik maar zeggen. De directeur van het theater waar ik werkte met...' Hij zweeg weer. Het had geen zin om die arme man zijn hele geschiedenis te vertellen.

'Maar hoe weet u ervan?'

'Ik zorg voor hem,' zei Bedrich eenvoudig.

Boy was te geschokt om een woord te kunnen zeggen.

'Ik ben de dokter. Ik ben de paleisarts, snap je.'

'Dat kan niet,' zei Boy. 'Ik bedoel...'

'Nee,' zei Bedrich, die vermanend een hand opstak. Hij kwam uit zijn stoel en liep naar het raampje. Hij bekeek Boys gezicht nauwkeurig, alsof hij daar iets uit kon opmaken.

'Ik ben de dokter. De arts van Frederick. Of liever, dat was ik vroeger. Nu heb ik nog maar één patiënt: het Fantoom. Alleen daarom houden ze me hier beneden vast. Ik verdoof hem. Ik probeer hem af te houden van zijn ergste uitspattingen. Het wordt de laatste tijd steeds moeilijker. Ik doe mijn best, maar ik slaag er niet steeds in. En als het me niet lukt, heeft hij bloed nodig. En daarom vrees ik het ergste voor jou. Al begrijp ik niet hoe het kan dat je niet al dood bent.'

'Maar wat is het voor iets?' vroeg Boy.

Bedrich deed een stap bij het raampje vandaan. Hij keek steels en dramatisch om zich heen, al was er niemand anders dan Boy die hem kon horen in deze onderaardse gevangenis. 'Dat kan ik niet zeggen.' 'Kunt u dat niet, of wilt u dat niet?' vroeg Boy door, maar Bedrich wilde geen woord meer zeggen.

Hij draaide zich om en ging terug naar zijn stoel bij het vuur.

'Alstublieft,' zei Boy. 'Vertelt u me er alstublieft meer over.'

'Ik ben moe,' zei de oude man. 'Laat me met rust.' Hij zat een tijd lang snuivend voor zich uit te kijken en viel toen in slaap.

Boy had geen andere keus dan terug te gaan naar zijn eigen cel, waar hij zich tot een bal oprolde op de harde grond en zijn ogen dichtdeed.

Maar de slaap wilde niet komen. Eigenlijk was hij daar nog wel blij om ook, want hij voelde dat de slaap hem niet zou bevrijden van de nachtmerrie waarin hij terecht was gekomen.

12

Vanwege het gerommel in zijn maag dacht Boy dat er een hele dag voorbij was gegaan toen hem eindelijk weer eten werd gebracht, en deze keer bleef het niet bij de kom voer.

'Je krijgt gezelschap,' zei de cipier en hij rammelde met sleutels in de cel naast die van Boy.

Tot zijn stomme verbazing zag Boy dat Bedrich de cel in werd gebracht. De deur werd achter hem op slot gedaan.

'Beetje malligheid dat ik van hot naar her moet om jullie eten te brengen, toch?' zei de cipier.

Boy keek naar Bedrich. Hij was blij dat hij gezelschap kreeg, maar er was iets mis met de verklaring die de cipier gaf waarom ze bij elkaar waren gezet.

Om de een of andere reden bleef de cipier staan wachten terwijl ze aten en toen ze klaar waren, nam hij de kommen aan.

'Trouwens, je bent vrij,' zei hij op achteloze toon.

Boy sprong overeind. 'Wanneer?' riep hij uit. 'Wanneer mag ik weg?'

De cipier gaf een rukje met zijn hoofd. 'Jij niet,' zei hij. 'Hij daar.'

Boy hief zijn armen en raakte de tralies van zijn cel. Hij draaide zich om naar Bedrich en dwong zich te lachen. 'Hebt u dat gehoord? Wat fijn.'

Bedrich had het gehoord. Een glimlach gleed over zijn gezicht, maar maakte al snel plaats voor een frons. Hij keek de cipier scherp aan, maar het was onmogelijk iets af te lezen aan die nietsziende gezichtsuitdrukking. 'Meen je dat?' kraakte hij. 'Dit is geen truc of...'

'Ga je moeilijk doen?' vroeg de cipier. 'We kunnen ook vragen of ze van mening willen veranderen, als je liever blijft.'

'Nee!' schreeuwde Bedrich. 'Nee! Ik dacht alleen...' Hij zweeg. Boy keek de cipier aan.

'Waarom? Waarom laten ze hem vrij? En ik dan? Wilt u alstublieft vragen wanneer ik vrijkom?'

'Nee,' zei de cipier bot. 'Dat zijn mijn zorgen niet. De jouwe wel. En wat hem betreft, ik heb geen idee. Misschien zijn zijn misdaden hem kwijtgescholden. Ik ga.'

En met die woorden verdween hij.

Bedrich riep hem na. 'Wanneer? Wanneer kom ik vrij?'

Er kwam geen antwoord, maar voorlopig leek hij genoegen te nemen met het feit op zich.

'Boy!' riep hij. 'Hoorde je dat, Boy? Ze gaan me vrijlaten!'

Boy keek naar Bedrich, dacht na, wachtte af en kreeg een idee. De laatste keer dat hij met Bedrich had gepraat was de oude man nors geweest en had hij geweigerd iets over het Fantoom of andere zaken te zeggen. Boy had Bedrich nu nodig. Hij moest met hem praten. Hij had zijn hulp nodig.

Terwijl hij zo naar Bedrich keek, herinnerde Boy zich eindelijk waar hij het lied van de oude man van kende. Het was het lied uit Linden, dat die ellendige koetsier had gezongen toen hij, Wilg en Valeriaan met paard en wagen op zoek gingen naar het boek in het afgelegen gehucht Linden op het ondergesneeuwde platteland.

Als dwarrelende sneeuwvlokken zweefden de woorden van het lied nu vrij door zijn hoofd en hij beleefde opnieuw de verschrikkingen op dat bevroren kerkhof en in de kerk zelf, bij het graf van Gad Beebe, waarvan ze dachten dat het boek er lag. En het had er ook ooit gelegen, maar iemand was hun voor geweest. Kepler.

Het was geen wonder dat Boys gedachten weer naar het boek afdwaalden. Hij wist zeker dat zijn lot met dat boek verbonden was.

Hij wist dat het boek hem kon zeggen wie hij was en als hij het in handen kon krijgen maakte hij nog een kans.

Het had geen zin, dit naamloze leven van hem. Hij leefde al veel te lang als iemand zonder afkomst, zonder thuis en geschiedenis. Hij was Valeriaans slechte behandeling gewoon gaan vinden, maar bij Wilg had hij genoeg liefde ervaren om te begrijpen dat het niet gewoon was. Nu moest hij antwoorden zoeken. Hij moest weten wie zijn ouders waren. Misschien zou hij nooit te weten komen wie zijn moeder was geweest, maar een blik in het boek zou hem in ieder geval de waarheid over Valeriaan vertellen.

Boy keek naar Bedrich. De oude man was in zijn gedachten verstrikt en fantaseerde hoe het zou zijn om vrij te komen na een onbekend aantal jaren.

'U moet me helpen,' zei Boy en hij probeerde Bedrichs stemming te peilen. Hij was blij te zien dat de oude man rustig leek.

Bedrich knikte.

'Als u weer vrij bent, wilt u dan iets voor me doen?'

Weer knikte Bedrich. 'Ja,' zei hij vriendelijk. 'Natuurlijk. Ik zal het proberen.'

'Dank u wel,' zei Boy. 'Dat is aardig. U moet iemand voor me zoeken en haar een boodschap overbrengen. Kunt u dat doen?'

'Oh ja,' zei Bedrich. 'Wat je maar wilt!'

Boy voelde zich aangemoedigd en ging verder. 'U moet een meisje voor me opzoeken, een meisje dat Wilg heet. Ze werkt bij het weeshuis van St.-Stefanus. De leidster is een vrouw die Martha heet.'

'Martha, Martha. Ja,' zei Bedrich.

'Als u Wilg vindt, vertel haar dan waar ik ben. Zeg dat ze het boek moet stelen en hierheen brengen.'

Bedrich keek Boy aan, keek hem voor het eerst sinds ze elkaar ontmoet hadden recht in de ogen. 'Wat zei je?' vroeg hij.

Iets aan zijn gedrag maakte dat Boy meteen op zijn hoede was. Hij dacht na over wat hij had gezegd.

'Ik zei... vertel Wilg waar ik ben...'

'Dat niet, maar wat erna kwam,' zei Bedrich.

'Er is... een boek,' zei Boy langzaam. Hij had het boek alleen tegen Bedrich durven noemen omdat hij meende dat het de oude man niets zou zeggen. 'Het is een boek met veel krachten en...'

'En het is gevaarlijk,' zei Bedrich. Hij hief zijn hand om Boy ervan te weerhouden iets te zeggen. 'Oh ja, ik weet van dat boek. Alleen dacht ik dat er allang mee afgerekend was. Lang, lang geleden.'

13

'Maxim!' krijste Frederick. 'Goeie goden, Maxim, waar zit je?'
'Ik kom al, sire. Ik kom al!'
Frederick zat rechtop in bed met stapels fluwelen kussentjes in zijn rug. Het ledikant was zo enorm dat de kleine keizer er bijna in verdronk. Met zijn witte nachtgewaad en slaapmuts leek hij op een zeeman die omringd werd door een zee van zijden lakens.
'Dat rotbed ook!' tierde hij. 'Waarom wordt me geen prettig bed gegund?'
Vanuit zijn eigen mooie vertrekken verderop in de gang haastte Maxim zich naar Fredericks kamers, die het weelderigste gedeelte van het hele paleis vormden.
Met grote passen beende hij de gang door, zonder acht te slaan op het spectaculaire uitzicht over de andere paleisvleugels en de lager gelegen stad.
'Max-iiim!' gilde de keizer vanuit zijn slaapvertrek.
Maxim stoof naar binnen en gleed bijna uit op de overdreven geboende vloer. 'Sire?' zei hij.
'Maxim. Waarom ben je toch zo traag? Iedereen zou nog denken dat je me probeert te vermoorden. Begrijp je dan niet dat ik van alles nodig heb?'
'Neemt u me niet kwalijk, sire,' zei Maxim en hij deed zijn best om zijn ergernis te verbergen. 'Ik werd in beslag genomen door andere belangrijke zaken.'

'Zet die maar uit je hoofd,' snauwde Frederick. 'Ik, en ik alleen, ben voor jou belangrijk.'

'Zeker, sire. De zaken waarover ik spreek hadden dan ook te maken met...'

'Dat laat me koud, Maxim. Begrijp dat goed! En luister nu naar me. Ik wil vooruitgang zien. Jij rommelt maar wat aan.'

'Sire?' zei Maxim en zijn toon was net iets te vragend.

'Spreek me niet tegen, man! Ik wil resultaten zien! Breng de helderzienden hier. Ik wil weten wat zij vinden van wat jij doet. Of van wat jij niet doet...'

Frederick keek Maxim recht aan. De lange man keek naar de vloer, met brandende ogen. Hij dacht aan de ellendige nietsnutten die per se van Frederick aan het hof moesten blijven en hij ziedde van woede, maar hij zei niets.

'Jij rommelt maar wat aan en ik wil resultaten zien. En snel ook. Ik word iedere dag een dagje ouder en ik voel me helemaal niet goed. Om te beginnen doet dit bed me zeer. Jij hebt daar geen begrip voor. Geen enkel begrip.'

'Ik zal het laten...'

'Luister naar me. Je weet wat ik van je wil. Doe dat dan ook! Zo niet, dan zal ik iemand anders moeten vinden die het wél doet. Intussen breng je de helderzienden hier. Ik wil weten wat ze te zeggen hebben. Jij rommelt maar wat aan. Als je zo verstandig was geweest die jongen te houden, had je misschien allang iets bereikt.'

'De... jongen, sire? De jongen uit het huis van de magiër?'

'Ja, de jongen uit het huis van de magiër. Wie anders? Als jij hem niet in de rivier had laten gooien...'

Inwendig vervloekte Maxim de grillen van de keizer, maar hij hield zich in en verzweeg wat hij dacht. Tegelijkertijd was hij niet van plan deze kans te laten glippen.

'Ah... maar uwe majesteit heeft volkomen gelijk. Gelukkig was het... niet mogelijk ons te ontdoen van de jongen zoals u wenste. Hij is nog in onze kerkers...'

Frederick keek hem kwaad aan.

'Zoals ík wenste, Maxim? Zoals ík wenste? Dat was mijn wens helemaal niet. Ik heb je opgedragen hem op te sluiten tot we zover waren dat we hem wilden zien en je weet heel goed dat ik nooit op mijn woorden terugkom! Je beseft toch wel dat het je dood wordt als je mij niet gehoorzaamt, of niet? Dat besef je toch wel?'

'Ja! Ja, sire,' zei Maxim snel. Hoe moest hij het winnen van dat ruziezoekende oude zwijn? 'Natuurlijk doe ik alles wat u me vraagt, maar misschien... herinner ik me uw opdracht verkeerd. Gelukkig is alles toch helemaal naar uw wens. Hij zit inderdaad gevangen in onze kerkers. Als u de jongen wenst te zien...?'

'Nee, dat wens ik niet,' zei Frederick. 'In ieder geval niet nu. Zorg dat hij eerst in bad gaat en breng hem dan naar het hof. We zullen eens kijken wat hij weet. En als hij nutteloos blijkt te zijn, kun je hem verdrinken.'

In stilte vloekte Maxim tegen de vloer terwijl hij zijn gezicht afwendde zodat Frederick zijn uitdrukking niet kon lezen. 'Heel goed, sire,' zei hij. 'En wel meteen.'

Hij vertrok en sloeg de deur net een tikje te hard achter zich dicht.

14

Weer haastte Wilg zich door de donker wordende straten van de stad, in zuidelijke richting, de rivier over. Er was iemand bij haar. Kepler.

Ze staken de brede laan over die bekendstond als de Parade en Wilg voelde een bijtende, koude windvlaag die de sneeuwvlokken dwars door haar kleren joeg. Ze trok haar omslagdoek dichter om zich heen.

Na ongeveer een uur kwamen ze in de ranzige Emmersteeg, die vernoemd was naar het verloederde kroegje halverwege. Aan het einde zagen ze de rivier voor zich.

Ze staken de St.-Olafbrug over, een prachtige overspanning van drie machtige bogen, breed en indrukwekkend van constructie. Bij de twee uiteinden waar de pijlers zwaar in de rivierbedding rustten, liep de drukke waterweg uit in een inham. Op de kademuur konden neerslachtige of bezorgde geesten peinzen over de vaart waarmee het water en de tijd onder de brug door stroomden. Aan de beide uiteinden was een kleine kooi gebouwd, amper groot genoeg om er een mannenlijf in te kunnen persen. Wilg rilde toen ze er langsliep, maar gelukkig waren de kooien al in geen jaren meer gebruikt.

Op de andere oever daalde de steile straat af naar een doolhof van straatjes waar nooit over ruimtelijke ordening was nagedacht, in schril contrast met de fraaie architectuur van de brug.

Na een paar straatjes zagen ze de paleisheuvel voor zich, hoog bij een bocht in de rivier.

Nadat ze de vorige dag bij de Noorderpoort Kepler tegen het lijf was gelopen, waren ze naar zijn huis gegaan en onderweg maakten ze aan één stuk door ruzie. Maar ze beseften dat ze elkaar hard nodig hadden.

Zo snel mogelijk waren ze door de stad gelopen, want de nacht en de sneeuw werden dieper. Ook zonder Keplers gezelschap zou Wilg feilloos de weg hebben gevonden.

Bij Kepler thuis had de geleerde brood met kaas klaargemaakt, waar Wilg oprecht dankbaar voor was. Kepler was intelligent, een genie, maar hij was zo onhandig en langzaam bezig geweest met eten maken voor Wilg dat het leek alsof hij nooit zoiets deed. Het was geen feestmaal, maar het was genoeg voor haar om zich wat beter te voelen.

Zodra het ochtend werd had Kepler van alles in een grote schoudertas gedaan en weer waren ze op weg gegaan naar het paleis.

Die ochtend waren de discussies van de baan en ze hadden nauwelijks een woord gewisseld.

'We moeten voortmaken,' had Kepler gezegd terwijl hij zijn spullen verzamelde. 'Hij loopt gevaar.'

'Ik weet het,' zei Wilg.

'Oh ja? Wat weet jij nou van het paleis! Van de mensen daar. En er is een bij voor wie je bijzonder moet oppassen.'

'Voor wie?'

'Een man die Maxim heet. Hij is de rechterhand van de keizer. Hij is berucht.'

'Hoezo berucht?'

'Je zou er maar bang van worden, meisje,' zei Kepler.

Wilg bleef staan en wachtte tot Kepler het merkte. Na een paar passen ontdekte hij dat ze niet meer naast hem liep en draaide zich om.

'Dacht u dat ik daar bang van werd?' schreeuwde Wilg. 'Na alles wat ik heb meegemaakt?'

Kepler schudde zijn hoofd. 'Misschien niet,' zei hij. 'Maar ik kan er niet veel over vertellen. Maxim is een gevaarlijk man, met grote invloed op de keizer en het hofleven. We moeten oppassen voor hem.'

'Waarom?' vroeg Wilg.

'Luister, meisje,' snauwde Kepler, 'jij vraagt veel te veel. Je mag me helpen de jongen te vinden en meer hoef je niet te weten. Hou dus je mond!'

Kepler wilde verder niets loslaten. Hij draaide zich om en liep door, en Wilg kon niets anders doen dan hem volgen.

Nu liepen ze allebei te piekeren, en zonder het van elkaar te weten dachten ze grotendeels aan hetzelfde. Boy. Maar onder het lopen keek Wilg af en toe naar Keplers rugzak. Ze hadden de vorige avond in grote lijnen een plan gemaakt, maar Wilg brandde van nieuwsgierigheid naar wat Kepler nu eigenlijk bij zich had.

15

Boy kon de woorden van Bedrich maar moeilijk geloven.

'Ja, ik weet van dat boek,' zei de oude man. 'Alleen dacht ik dat er allang mee afgerekend was.'

'Hoe dan?' riep Boy uit. 'Hoe kunt u van het boek weten?'

'Ik ken het!' zei Bedrich resoluut. 'Ik ken het boek. Ik heb er ooit zelf in gekeken...' Hij zweeg en haalde diep adem. 'Dat heeft me geen goed gedaan. Het heeft anderen nog veel meer kwaad gedaan.'

Dat was waar. Boy dacht aan Valeriaan. Het boek had Valeriaan uiteindelijk niet gered, al had het de magiër een oplossing geboden die ten koste zou zijn gegaan van Boy.

'Maar hoe dan?' vroeg Boy. 'Wanneer was dat?'

Bedrich keek Boy aan en bleef hem lang in de ogen kijken. 'Wat weet zo'n arme stumper als jij nou van zulke dingen?' vroeg hij. 'Zo'n dakloze zwerver.'

Boy schudde zijn hoofd. 'Ik leef niet meer op straat. Ik woon bij... woonde bij iemand. Een groot man die Valeriaan heette.'

'De magiër?' vroeg Bedrich en hij trok een wenkbrauw op.

'Hebt u hem gekend?' vroeg Boy.

'Nee. Alleen van naam. Vijftien, misschien twintig jaar geleden. Hij werkte toen als wetenschapper aan de academie, maar daar viel hij in ongenade.'

Boy ging er niet op in. 'Valeriaan wilde het boek hebben,' zei hij.

'We hebben er op de griezeligste plaatsen naar gezocht.'

'Het boek heeft macht. Zoveel weet ik wel. Maar waar wilde hij het voor gebruiken?'

'Hij zat in de nesten. Hij...' Boy zweeg. Het was onbegonnen werk om alles uit te leggen wat er de laatste weken was gebeurd.

Bedrich wist van geen ophouden. 'Je praat over hem in de verleden tijd. Is hij dood?'

Boy knikte.

'Kon hij het boek dan niet vinden, als het hem niet uit de nesten heeft gehaald?'

Boy schudde zijn hoofd. 'Nee, hij heeft het wel gevonden. Dat wel, maar...'

'Maar wát? Wat is er gebeurd?'

'Om zichzelf te kunnen redden... om zichzelf te redden had hij mij moeten vermoorden...'

'En dat weigerde hij? Wat edelmoedig!'

Boy haalde zijn schouders op. Zo lag het nu ook weer niet, maar uiteindelijk was Valeriaan wel doodgegaan in plaats van hijzelf.

Bedrich merkte zijn aarzeling. 'Als hij voor jou wilde sterven moet hij een goed mens zijn geweest. Anders zou hij dat toch niet gedaan hebben?'

'Hij was mijn vader,' zei Boy.

De woorden klonken hem vreemd in de oren. En ze waren misschien niet eens waar, want hij kende de waarheid niet. Maar het was gemakkelijker om Bedrich hiermee af te schepen dan het hele verhaal uit de doeken te moeten doen.

'Je bent een aparte jongen!' stelde Bedrich vast.

Boy zei niets.

'Je weet dus van het boek, van de krachten. En van het gevaar.'

'Wilg heeft van het begin af aan gezegd dat het gevaarlijk was, maar ik snap niet waarom. Het boek zit vol kennis, en kennis is goed. Dat zei Valeriaan en hij had altijd gelijk.'

'Maar met dit boek is het anders. Misschien zou die kennis goed zijn als het boek de volle waarheid bood, maar dat is niet zo. Het boek is bedrieglijk en kwaadaardig. Het onthult maar een klein stukje van de waarheid. Het laat aan iedereen iets anders zien. Soms laat het helemaal niets zien, maar als het dat wel doet, moet je je heel goed voor ogen houden dat je maar een klein stukje van het hele plaatje te weten komt.'

'Maar Wilg heeft erin gekeken. Ze keek mee over Valeriaans schouder en zag wat hij van plan was…' Hij zweeg. Hij wilde Bedrich niet vertellen dat Valeriaan hem had willen vermoorden.

'Wat?' vroeg Bedrich. 'Wat is er? Begin je het te begrijpen? Hoe bedrieglijk de onthullingen van het boek zijn en hoe gevaarlijk?'

Boy knikte. Hij was maar al te blij dat hij van gespreksonderwerp kon veranderen. 'Dat lied dat u zong. Hoe kent u het? En hoe weet u dat het boek bestaat? Ik dacht dat het een geheim was.'

'Het was ook geheim. En dat had het moeten blijven,' zei Bedrich. 'Maar de dingen veranderen nu eenmaal. Ik weet van het boek omdat het ooit hier was. In het paleis.'

'Hier?' riep Boy uit. 'Hier?'

'Sst!' siste Bedrich. 'Niet zo hard. Ja, het boek is hier geweest. Het is allemaal al zo lang geleden, zo heel lang geleden. Het is moeilijk om het me nog allemaal te herinneren.'

'Probeer het,' drong Boy aan. 'Probeer het alstublieft.'

Bedrich legde even zijn hoofd in zijn handen en keek toen met knipperende ogen naar Boy op. 'Het boek. Het kwam hier. Het werd hierheen gebracht om de keizer een plezier te doen. Je hebt de keizer natuurlijk niet gezien…'

Boy schudde zijn hoofd. 'Jawel. Heel kort maar,' zei hij. 'Ik keek mijn ogen uit. Ik zou gedacht hebben dat Maxim degene was die de baas was. Frederick ziet er niet uit alsof hij zelfs maar de baas is over zichzelf.'

Nu schudde Bedrich zijn hoofd. 'Dacht je dat? Dan heb je het mis. Hij is een harde, machtige man, ondanks zijn leeftijd, ondanks zijn zwakheden.'

'Sommige mensen geloven niet eens dat hij nog leeft. Geen mens heeft hem ooit in de stad gezien.'

'Natuurlijk niet. Hij komt nooit het paleis uit. Ik zei vroeger al altijd tegen hem dat hij eruit moest. Een luchtje scheppen, aan beweging doen. Dat zou misschien een einde hebben gemaakt aan dat eeuwige getob van hem over zijn gezondheid. Hij was bezeten van zijn gezondheid. Zijn hart, zijn zenuwen, zijn maag. Het was moeilijk om zijn dokter te zijn, vooral omdat hij zo veel waarde hecht aan al die alchemisten en gebedsgenezers van hem...'

Boy voelde dat Bedrich weer aan het afdrijven was. 'Het boek,' zei hij. 'Hoe zit het met het boek?'

'Oh ja. Het boek. Nou kijk, het heeft allemaal met elkaar te maken. Frederick was toen al oud. Hij moet nu wel stokoud zijn. Zelfs in die tijd had hij maar één gedachte: de keizerlijke lijn.'

'Wat?' vroeg Boy.

'De lijn. Hij is de laatste van de keizerlijke stamboom. Als hij doodgaat, is er niemand om hem op te volgen. Hij wilde wanhopig graag kinderen, want hij had geen opvolger en hij begon zich zorgen te maken dat hij het keizerrijk zonder keizer achter zou laten. Keizerrijk! Wat een onzin! Er is niets van over, behalve een van de ratten vergeven stad. Maar goed, al die hertogen en hoge heren daarboven zullen meteen om de macht gaan vechten als hij dood is. Snap je?'

'Ja,' knikte Boy. 'Maar hoe zit het met het boek?'

'Daar kom ik nog op,' zei Bedrich. 'Het heeft allemaal met elkaar te maken. Ik zei al dat hij bezeten was van het idee dat hij een opvolger moest hebben. En iedereen aan het hof probeerde hem te sussen, hem een plezier te doen in de hoop dat ze er iets voor terug zouden krijgen – geld, een titel, dat soort dingen. Op een dag kwam er een muzikant van het platteland aan het hof. Een knappe man, uit een fatsoenlijke familie. Hij had een lied en een cadeau bij zich. Eerst zong hij het lied, en de keizer vond het zowaar mooi genoeg om dat te laten merken. Hij moet die dag wel een zeldzaam goede bui hebben gehad.'

Bedrich had zijn ogen dichtgedaan alsof hij het allemaal weer voor zich zag.

'En het lied was prachtig. Prachtig, maar ook triest. Hij kwam uit een muzikale familie. Veel leden van zijn familie waren begaafd, en ook nog van adel, maar geld hadden ze niet. En dan was er nog iets. Het cadeau. Ik weet niet hoe hij eraan was gekomen, maar de muzikant had een verschrikkelijk ding bij zich, al werd het destijds schitterend en geweldig gevonden. Het boek.' Bedrich zweeg even.

'En dat was zijn cadeau voor de keizer. Hij werd meteen beloond met zijn gewicht in goud. En daar bleef het niet bij. Toen het boek voorspellingen deed die ook echt uitkwamen, werden de man en zijn familie beloond met land, titels, geld en noem maar op. En bovendien nam de keizer ook nog een dochter uit de familie als zijn minnares. Sofia. Dit werd als een grote eer voor de familie beschouwd. Ze was zo mooi, en nog slim ook. Zij was degene die het trieste liedje had geschreven.

En toen, op een dag... de dag waarop...'

Bedrich zweeg weer. Hij leek te zijn verdwaald in het verhaal.

'Ja?' zei Boy zachtjes.

'Het is al zo lang geleden,' zei Bedrich, maar Boy kon merken dat dit niet de reden was waarom hij stil was geworden. 'Op die dag... voorspelde het boek dat de keizer kinderen zou verwekken! Op die dag werden de man en zijn familie overdadig overladen met alle goud en weelde die maar denkbaar zijn. Ze kregen toestemming om een kerk in hun dorpje te bouwen en de hele familie werd aan het hof onthaald alsof ze zelf vorsten waren.'

Met een schok besefte Boy dat hij luisterde naar een geschiedenis waarvan hij al een deel kende. 'Kunt u me vertellen,' zei hij, 'hoe die familie heette?'

Toen Bedrich zijn mond opendeed om antwoord te geven, lag de naam Boy al op de lippen.

'Beebe.'

Boy voelde dat zijn hart licht en snel tekeer begon te gaan in zijn borstkas. Hij voelde zich misselijk worden.

'Beebe,' zei Bedrich weer. 'Een tijdlang is het zo'n belangrijke, mooie familie geweest. Zo mooi.'

Opeens klonken er voetstappen in de gang buiten de kerker.

'Ze komen u halen!' fluisterde Boy. 'U wordt vrijgelaten! U vergeet het toch niet, hè, van Wilg? En het boek?'

'Met dat boek wil ik niets te maken hebben. Dat weiger ik.'

'Maar het is mijn enige kans...'

'Als dat je enige kans is, heb je geen schijn van kans,' zei Bedrich. 'Maar het meisje zal ik zoeken. Wilg.'

Er werd aan de deur gerammeld en hij kraakte langzaam open.

'Goed, goed,' zei Boy. 'Maar vertel me nog snel wat er met de Beebes is gebeurd! Is de voorspelling van het boek uitgekomen?'

De cipier kwam naar hen toe. Hij was deze keer niet alleen. Hij was in het gezelschap van twee soldaten.

'Snel,' fluisterde Boy. 'Wat is er gebeurd?'

Bedrich schudde zijn hoofd. 'Het mocht niet zo zijn,' zei hij. 'De voorspelling was... een misser. De Beebes vielen in ongenade. De keizer gaf hun de schuld van wat er was gebeurd. Hij nam hen bijna alles weer af. Het boek heeft hen geruïneerd. Het zal ook jou ruïneren, als je niet uitkijkt.'

De cipier stond nu bij de cellen.

'Zijn jullie vriendjes geworden?' zei hij kortaf. 'Jammer dan. Het wordt tijd dat je vertrekt.'

Bedrich stond op. Boy kon de spanning voelen, de onrust in hem. Na zo'n lange tijd werd het hem bijna te machtig dat hij bijna vrij was.

Maar de cipier liep naar de cel van Boy en stak zijn sleutel in dat slot.

'Jij,' zei hij. 'Jij gaat met deze mannen mee. Eén verkeerde stap en je bent hier in een vloek en een zucht weer terug.'

Boy verroerde zich niet.

'Maar ik dan?' vroeg Bedrich.

De twee mannen kwamen Boys cel in en begonnen hem de kerker uit te leiden.

'Maxim komt zo bij je,' zei de cipier tegen Bedrich.

'Om me vrij te laten?' riep Bedrich wanhopig. 'Komt hij me vrijlaten?'

Terwijl hij werd weggevoerd keek Boy achterom naar Bedrich. Hij bleef even staan.

'Bedrich...' begon hij, maar hij wist niets te zeggen, en hij werd weer ruw meegetrokken, naar de deuropening.

De deur zwaaide achter hem dicht en hij hoorde Bedrich tegen de cipier schreeuwen: 'Hij komt me toch vrijlaten? Ja toch?'

Zijn echoënde stem werd tot zwijgen gebracht toen de deur dichtsloeg in zijn ijzeren omlijsting.

'Zo,' zei een van de mannen tegen Boy. 'Naar boven met jou. Eén domme beweging en ik breek je nek.'

Bedrich ging op de koude stenen vloer van de cel zitten. Eerst was zijn gouden kooi hem afgenomen en nu ook nog de belofte dat hij vrijkwam. Hij voelde zich zo door en door ellendig dat hij niet merkte hoe een spioneergaatje in het plafond vlak boven zijn hoofd werd dichtgedaan.

Het paleis

Het oord van verraderlijke listen

1

Weer werd Boy haastig door de donkere, kronkelende kerkergangen gevoerd, die hier en daar zo laag waren dat zelfs hij, met zijn magere lijf, moest bukken. Een van de mannen ging voorop en de ander liep achter hem en gaf hem een por als hij vond dat de jongen treuzelde.

Maar Boy was niet van plan om te treuzelen. Na een volgende bocht kwamen ze in een gedeelte van een gang waarvan Boy besefte dat hij het kende. Net als in zijn droom liep hij door de gang die langs de top ging van de steile en smerige trap die omlaag leidde, het niets in. De stank sloeg hem tegemoet alsof een monster een aanval op zijn zintuigen uitvoerde. Hij aarzelde en voelde weer een harde por in zijn rug. Boy dwong zich zijn ene voet voor de andere te zetten en de opening naar de trap kwam dichterbij totdat hij, met zijn hand voor zijn mond en neus, tot zijn opluchting zag dat het ijzeren hek, anders dan in zijn droom, gesloten was.

Zijn bewakers schenen ook haast te maken.

'Is dat...?' begon hij, maar weer kreeg hij een duw.

Deze keer negeerde hij de waarschuwing, draaide zich om en keek de man achter hem aan. 'Is dat de plaats waar... het... woont?' vroeg hij.

De man leek te schrikken.

'Woont het daar?' vroeg Boy weer.

'Daar hoor jij helemaal niets van te weten,' zei de bewaker. Boy kon de klank van zijn stem niet goed duiden. Was het angst? Of verbazing? Boos klonk het in ieder geval niet. Boy had verwacht dat hij een dreun zou krijgen voor zijn vraag, maar die bleef uit.

De andere bewaker had nu gemerkt dat Boy was blijven staan en holde terug om te zien wat er aan de hand was.

Hij greep Boy bij zijn nekvel en rukte hem mee zodat de jongen weer moest gaan lopen.

De man keek naar zijn maat. 'Moest je nou uitgerekend hier blijven staan?' zei hij.

Ze liepen de ruw uitgehakte, dompige stenen onderbuik van het paleis uit en kwamen nu in de werkelijkheid van de vorstelijke wereld.

Met een schok merkte Boy dat het nacht was. Dagenlang had hij in de duisternis opgesloten gezeten en naar daglicht gehunkerd, en hij had gedacht dat de zon vanzelfsprekend zou schijnen als hij uit de schemerwereld bevrijd werd. Maar het was in het holst van de nacht.

Het paleis leek in diepe rust. Bijna nergens was geluid te horen en ze kwamen geen mens tegen toen ze door weelderig gelambriseerde gangen naar nog schitterender vertrekken liepen.

Boy keek met grote ogen om zich heen.

Nooit van zijn leven had hij zo veel weelde gezien, zo veel bijna terloops vertoon van ongelooflijk rijke versieringen waar hij maar keek. Er hingen portretten in olieverf in gouden lijsten. Vanaf het linnen staarden gezichten hem aan – hooghartige personen in met bont omzoomde gewaden en bedekt met juwelen. Ze liepen over marmeren vloeren en marmeren pilaren rezen op naar de hoge, gewelfde plafonds. De muren bestonden uit houten panelen, geverfd in een heel bleke tint groen, met contrasterende versierselen van goud. Boven de panelen was een hoge, met houtsnijwerk versierde rand die over de hele breedte van het vertrek liep. Boy keek er met open mond naar. Hele wouden waren in reliëf afgebeeld – bomen en struiken waarin dieren schuilgingen, een vogel die naar een tros druiven pikte, een zwaan die over een meer gleed.

En dit was nog maar een van de galerijen waar ze langs waren gekomen.

Boy wankelde, niet in staat tot zich door te laten dringen wat hij zag, maar hij werd meteen in beweging gezet door weer een por in zijn rug.

'Schiet op, jongen. Ik wil naar mijn bed.'

'Waar gaan we heen?' vroeg Boy, maar hij kreeg geen antwoord.

'Hier naar boven,' zei een van de mannen toen ze een hoek om gingen naar een ruime hal met aan het einde een massieve stenen trap, die omhoog leidde en boven hun hoofden uit het gezicht verdween.

Boy ging al op weg, maar hij werd tegengehouden.

'Daar niet!' snauwde de bewaker. 'Hier.'

Hij wees naar de plek waar zijn maat een zo op het oog doorlopend deel van het paneel had weggeschoven om een verborgen trap te onthullen, een smalle wenteltrap naar boven.

'Lopen!'

Boy deed wat hem gezegd werd en schoot het nauwe trappenhuis in voordat hij weer geslagen kon worden. Toch voelde hij een duwende hand in zijn rug toen de bewakers snel achter hem aan klommen. Hij ging nog sneller, maar hij werd duizelig toen de wenteltrap hoger en hoger het paleis in ging. Bij iedere wending werd de duisternis dieper en Boy moest op de gok zijn voeten neerzetten, tot hij opeens een verblindend lichte kamer in struikelde.

Hij stond met zijn ogen te knipperen toen hij de deur achter zich hoorde dichtslaan. De sleutel werd omgedraaid in het slot. Hij keek om, maar er was niets meer te bekennen van het trappenhuis waar hij uit was gekomen, en ook was er taal noch teken van de bewakers.

Hij was alleen.

2

Boy stond in een kamer die niet groot was, maar al even luxueus als de rest van het paleis. In elke muur zag hij een deur die een uitweg uit het vertrek bood; de meeste zaten op slot, maar aan één kant was een dubbele deur die verleidelijk wijd openstond.

Boy ging het aangrenzende vertrek in. Hij zag een enorm hemelbed, met zulke dikke matrassen dat de bovenste bijna op ooghoogte was. Aan het baldakijn hingen stroken donkerblauw en geel fluweel. Het bed zag er onweerstaanbaar uit en Boy vroeg zich af wie het geluk had in zo'n droombed te mogen slapen.

Toen hij naar het bed liep werd hij zich bewust van het geluid van plonzend water. Hij draaide zich om en zag een verbindingsdeur. Voorzichtig duwde hij met zijn vingertoppen tegen de deur.

De deur zwaaide zachtjes open.

'Hallo?' zei hij manmoedig, maar niet hard.

Hij deed een stap naar binnen.

Een vrouw draaide zich om in zijn richting.

Geschokt zag Boy dat ook zij blind was, net als zijn cipier. Ze was een oude vrouw en toch kon Boy zien dat haar blindheid niet het gevolg was van haar leeftijd, maar van een of ander gruwelijk ongeluk. Vol afschuw vroeg hij zich af of veel bedienden die in aanraking kwamen met Fredericks geheimen met opzet blind werden gemaakt.

'Oh!' zei ze. 'Je bent er eerder dan ze gezegd hadden. Je bad is bijna klaar.'

Ze ging door met haar werk. Boy deed nog een stap de kamer in. Die was even groot als de slaapkamer, maar hier stond in plaats van een bed in het midden een groot bad, in de vorm van een dolfijn die uit zee opduikt. Een holte in de dolfijnenrug was de badkuip.

De vrouw was bezig emmers water in de tobbe te gooien. Ze gebruikte twee emmers, een met koud water en een met kokend water waar de stoom af sloeg. Zodra de emmers leeg waren, liep ze ermee naar een muur, tilde een luik op en zette ze op de plank binnenin. Ze trok aan een schellenkoord naast het luik en meteen zakte de plank weg. Een paar minuten later kwam de plank weer omhoog en hield met kleine schokjes stil. Behendig tilde ze de emmers op en Boy zag dat ze weer vol waren, de ene emmer met koud water, de andere met heet.

Zo veel weelde en verfijning had hij nog nooit meegemaakt. In bad gaan was iets wat hij alleen kende van horen zeggen. Toen hij nog op straat leefde had hij 's zomers wel eens water opgezocht om af te koelen, dan rende hij door een van de schonere fonteinen die hij in de stad wist te vinden. In het Gele Huis had Valeriaan hem gedwongen zich een keer per week te wassen, 'of het nu nodig was of niet'. Die wasbeurt bestond uit een koude plens water bij een waskom en een groter verschil met het uitvoerige tafereel voor hem was niet denkbaar.

'U moet u vergissen...' stamelde Boy. 'U kunt mij niet bedoelen.'

'Dit is jouw bad en het zijn jouw kamers,' zei de vrouw. 'Nog een paar emmers erbij en je kunt je gang gaan.'

'Ik begrijp het niet,' zei Boy. 'Ik heb in de kerker gezeten. Ze hadden me opgesloten. Dit kan niet voor mij zijn.'

'De keizer wil je zien. Je kunt een keizer niet onder ogen komen als je zo stinkt.'

Ze glimlachte niet en toonde geen enkele emotie, maar goot alleen de laatste emmers leeg in de enorme badkuip.

'De keizer?' vroeg Boy. 'Waarom wil hij me zien?'

De vrouw gaf geen antwoord.

'Nou ja, het maakt ook niet uit, want ik wil hem niet zien. Dus ga ik maar. Sorry hoor, het is niet onbeschoft bedoeld...'

Boy draaide zich om en liep weg. De vrouw deed geen moeite hem tegen te houden toen hij de badkamer uit holde en in de slaapkamer lukraak een deur koos. Hij stoof naar buiten en knalde meteen tegen een bewaker op die bijna nog groter was dan de deur. Boy deinsde achteruit en viel op zijn kont.

De bewaker, die de botsing nauwelijks gevoeld leek te hebben, draaide zich om en keek dreigend op Boy neer.

'Verkeerde deur,' mompelde Boy.

Hij stond op en sloot zichzelf weer op in zijn fraaie gevangenis.

De oude bediende wachtte op hem. 'Bij de andere deuren staat ook iemand,' zei ze. 'Ga in bad. En daarna slapen. Morgenochtend moet je bij de keizer komen.'

'En eten?' vroeg Boy. 'Mag ik iets eten? Ik heb alleen...'

'Dat komt er aan. Maar eerst in bad. Je stinkt een uur in de wind, zoveel is zeker. Trek je kleren uit.'

Boy berustte er maar in. Hij begon zijn hemd uit te trekken en de vrouw ging de kamer uit. Hij schudde zijn hoofd. Ze was aardiger dan de oude blinde man, maar toch was ook zij een cipier.

Zodra hij bloot was stapte Boy in het water. Het was erg heet en hij moest zich stukje bij beetje in de tobbe laten zakken. Hij dacht dat hij nog nooit zulk heet water had gevoeld. Nu waren zijn benen onder water en hij zag ze roze kleuren door de hitte. Toen hij zich helemaal in het water had laten zakken, ging hij achterover liggen. Hij werd omhuld door wolken stoom en hij voelde zijn oogleden zwaar worden.

Binnen een paar tellen viel hij in slaap.

Toen hij wakker werd, voelde hij zich verschrikkelijk. Hij had geen idee hoe lang hij had geslapen, maar lang kon het niet geduurd hebben want het water was nog warm.

'Je eten is er,' zei een stem.

Hij kwam met een schok overeind en zag de oude bediende aan de andere kant van de badkamer op een stoel zitten.

'Ga eten en dan slapen,' zei ze. 'Wat is dit voor een ding?'

Boy zag waarmee ze zat te friemelen. Het was zijn pinnetje – de pees van een oude metalen kunsthand – dat hij gebruikte om sloten te forceren.

'Ik vond het in je kleren,' voegde ze er overbodig aan toe. 'Ik wilde het weggooien, maar toen bedacht ik dat het misschien iets duurs of belangrijks was. Is dat zo?'

Boy zocht naar woorden.

'Ja,' zei hij. 'Of... eh... nee. Het is alleen voor mij belangrijk. Het is een... soort mascotte. Ik heb het al eeuwen.'

De vrouw dacht erover na. Ze fronste haar wenkbrauwen. 'Eigenlijk mag ik niet...' begon ze. 'Maar het zal wel geen kwaad kunnen. Hou het maar.' En met die woorden ging ze de kamer uit. Even later kwam ze terug, met een grote badhanddoek en een nachthemd.

Hij greep de handdoek en sloeg hem om zich heen.

Ze gingen naar de slaapkamer, waar een tafel was gedekt die boordevol verrukkelijke, verfijnde hapjes stond. Weer was Boy met stomheid geslagen, want hij had nog nooit van zijn leven zulk eten gezien.

'Niet schrokken,' zei de vrouw, maar Boy negeerde haar. Hij ging zitten en begon zo snel mogelijk zoveel naar binnen te werken als hij kon, zonder zich de tijd te gunnen te vragen hoe het allemaal heette.

De bediende zat al die tijd stilletjes glimlachend op een stoel te luisteren naar hoe hij at.

'Lieve help!' zei ze, toen hij eindelijk rustiger aan deed. 'Jij had wel trek, hè?'

Even voelde Boy de neiging tegen haar te gaan schreeuwen. Dat stomme mens moest eens weten welke derrie hij dagenlang te eten had gekregen! Natuurlijk stierf hij van de honger!

'Moet u bij alles wat ik doe om me heen hangen?' vroeg hij in plaats daarvan.

'Sorry,' zei ze. 'Het komt doordat het al een tijd geleden is dat we hier in de winterkamers iemand hadden.'

Boy vroeg zich af wie ze met 'we' bedoelde.

'En uw gasten?' vroeg hij. 'Zijn dat altijd gevangenen zoals ik?'

'Zeg dat niet. We proberen het onze gasten zo goed mogelijk naar de zin te maken tijdens hun verblijf hier…' Haar stem stierf weg en ze stond op om weg te gaan.

'Eet je eten op en ga naar bed,' zei ze.

Boy keek naar het bed. Het was zo hoog dat er een trapje bij stond om erin te kunnen klimmen.

Hij glipte onder de lakens, maar hij voelde zich niet prettig. Zoals hij moeite had gehad te wennen aan het lekkere, maar kleine bed in Keplers huis na de vermolmde brits bij Valeriaan, zo voelde hij zich nu ook niet op zijn gemak in dit gigantische bed.

Hij kwam overeind, ging op het bed staan en trok aan de stroken fluweel, die hij als gordijnen dichttrok, waardoor hij aan alle kanten omsloten werd. De ruimte werd er meteen donkerder en veel kleiner door en nu hij zich meer thuis voelde deed Boy zijn ogen dicht. Gedachten aan Valeriaan spookten door zijn hoofd terwijl hij langzaam in slaap raakte.

Ondanks het late uur sliep nog niet iedereen in het paleis. De oude bediende ging moe op weg naar haar eigen bescheiden kamertje op de verdieping boven die waar Boy lag te slapen. In de keukens van de noordelijke vleugel waren de bedienden nog bezig met het uitschrapen en schoonmaken van de pannen, en diep in de ingewanden van het paleis kwam een lange figuur in rode gewaden terug van een bezoek aan de kerkers. Weer had hij daar moeilijk werk moeten verrichten, en er stond hem nog veel meer te wachten.

3

Boy werd aan zijn nekvel uit bed gesleurd voor hij goed en wel wakker was. Hij viel op de grond en lag hoestend op het dikke, zachte tapijt dat het enorme hemelbed omringde.

'En nu geen leugens meer!' schreeuwde Maxim hem vanuit de hoogte toe.

Boy kreeg niet eens tijd om na te denken, laat staan antwoord te geven, voordat de machtige man hem van de vloer graaide en door de kamer smeet. Gelukkig lag bijna de hele vloer vol luxueuze kleden en deed hij zich geen pijn.

Nu er afstand was tussen hem en Maxim kreeg hij de kans na te denken voor de volgende klap viel.

'Wacht!' riep Boy. 'Wat bedoelt u? Ik weet niet eens waar u het over hebt!'

Maxim bleef halverwege de kamer staan. 'Dan zal ik je geheugen opfrissen,' zei hij. Hij streek met zijn hand over het topje van zijn kale hoofd. 'Weet je nog waar we het laatst over hadden?'

Boy fronste zijn wenkbrauwen. 'U vroeg...'

'Naar een boek,' spuwde Maxim. 'Naar hét boek. Ja?'

Boy raakte in paniek. Hij wist niet meer precies wat hij gezegd had. Hij moest aan een stuk door blijven liegen als hij zich hieruit wilde bluffen.

'Oh. Ja,' zei Boy. 'Ja, u vroeg naar de boeken van Valeriaan. Hebt u gevonden wat u zocht?'

Hij had het nog niet gezegd of hij besefte al dat het dom van hem was. Met grote passen overbrugde Maxim de afstand tussen hen beiden, en Boy dook niet snel genoeg weg om de dreun tegen de zijkant van zijn hoofd te ontwijken.

Hij greep naar zijn hoofd toen hij viel en dacht dat hij bloedde, maar hij voelde geen bloed. Maxim sleurde Boy overeind en hield zijn gezicht vlak voor het zijne. 'Luister, jongen. Luister!' grauwde hij. 'Ik weet dat je liegt. Ik weet dat jij dat boek ergens hebt. Hou dus maar op met die onzin van je.'

'Nee...' stamelde Boy. 'Nee, ik...'

'Jawel! Jij hebt dat boek. Of is het soms bij je vriendinnetje Wilg?'

Boys gezicht verried hem meteen. 'Wilg!' riep hij uit en toen besefte hij dat Maxim op de een of andere manier de waarheid wist.

'Ja, je vriendinnetje Wilg,' zei Maxim minzaam. Hij liet Boy weer los, haalde een stoel en ging zitten. 'Wij moesten maar eens even praten, niet? Nu we elkaar begrijpen? Je ziet nu wel in dat het zinloos is om nog te liegen.'

'Wilg staat er helemaal buiten. U...'

'Ik maak hier uit wat wel en niet belangrijk is. Knoop dat in je oren! Je gesprekken met je vriend Bedrich waren zeer verhelderend, veel openhartiger dan je tegen mij was.'

Boys gedachten sloegen op hol terwijl hij dit probeerde te begrijpen, maar hij besefte dat Maxim hen op de een of andere manier had afgeluisterd. Hij deed zijn best zich precies te herinneren wat Bedrich en hij hadden besproken, maar hij wist dat het zinloos was.

Alles. Ze hadden alles besproken.

'Ja, het was mooi van jullie om dikke maatjes te worden toen ik jullie bij elkaar had laten zetten. En toen je een kans zag om een boodschap naar buiten te brengen, greep je die gelukkig meteen aan...'

Maxim lachte en Boy begreep dat zijn hele gevangenschap een list was geweest om hem met Bedrich te laten praten. Nu herinnerde hij zich dat hij het ook al zo raar had gevonden dat de oude dokter in de cel naast hem was gezet.

Hij werd misselijk bij de gedachte dat hij door met Bedrich te praten ook Wilg in gevaar had gebracht. Hij vervloekte zichzelf.

'Wat hebt u met Bedrich gedaan?' vroeg Boy.

'Over hem hoef je je voorlopig geen zorgen te maken.'

Ze moesten de oude man in leven houden, besefte Boy, omdat ze hem nodig hadden als verzorger van het Fantoom. Ook daarom was Bedrichs vrijlating raar geweest, maar ze waren toen te veel in beslag genomen door hun eigen gedachten om dat in te zien.

'Wat gaat er met mij gebeuren?' vroeg Boy ongelukkig.

'Stil!' schreeuwde Maxim. 'Vertel me liever waar het boek is. Heeft je vriendin Wilg het?'

'Nee!' riep Boy uit.

'Je liegt weer! Ga vooral zo door als je dood wilt. Zo stom ben je toch niet? Dat meisje heeft het boek! Waar is ze?'

'Nee, nee, ze heeft het niet,' riep Boy. 'Echt niet. Geloof me nou toch.'

Maxim keek hem zwijgend aan, hij was kennelijk aan het overwegen of Boy de waarheid sprak.

'Waarom zou ik je geloven?'

'Omdat het waar is. Ik zweer dat het waar is,' zei Boy haastig. 'Ik weet niet waar het boek is. Ik weet niet waar Wilg is...'

'Kom nou,' zei Maxim. 'Je weet heel goed dat je vriendin in het weeshuis is.'

Weer voelde Boy zich misselijk worden.

'Ja,' zei Maxim, 'inderdaad. Ik heb mijn mannen erheen gestuurd en ze zijn er nu aan het zoeken. Misschien vinden we het boek dus eerder dan ik had durven hopen.'

'Nee!' riep Boy weer. 'Ze heeft het boek niet!'

'Wie heeft het dan? Als zij het niet heeft, wie heeft het dan wel? Vertel op!'

'Ik weet het niet,' zei Boy. Hij durfde Kepler niet te noemen. Dan zou hij laten merken dat hij meer wist dan hij voorgaf.

'Misschien zal Wilg behulpzamer zijn dan jij tot nu toe bent,' zei Maxim. 'En geloof me, ik ben niet in een stemming om onwillige mensen te belonen, dus denk twee keer na voordat je iets zegt. Over

tien minuten moeten we aan het hof zijn, waar jij alles gaat bevestigen wat ik tegen de keizer zal zeggen. Over het boek, over de magiër,
over je vriendin. Als je de kleinste fout maakt, zorg ik dat je binnen
de kortste keren weer in de kerkers zit, maar daar zul je niet lang blijven. Misschien heb je een bepaalde donkere trap gezien, een trap die
omlaag gaat naar de diepste diepten van de hel? Dat is jouw bestem-
ming, kleine leugenaar, als je nog een vergissing begaat. En je verblijf
in de kerkers zal van erg korte duur zijn, geloof dat maar. Geloof dat
maar.'

Hij wees naar een andere stoel, waarop schone, nieuwe kleren lagen.

'Kleed je aan,' zei hij. 'Ik kom je over vijf minuten halen. En denk
eraan, één fout aan het hof en het is meteen je laatste.'

4

Weer stond Boy paf van alles wat hij om zich heen zag. Nog nooit van zijn leven had hij zoiets gezien als de hofzaal. Hij had zelfs niet kunnen dromen dat iets dergelijks bestond. Hoe zou hij ook? Zijn hele leven had hij over straat gezworven, waar rijkdom zich beperkte tot het rollen van de portefeuille van de een of andere onvoorzichtige rijke stinkerd.

Het was niet alleen de indrukwekkende entourage, maar het waren ook de mensen, zo schitterend uitgedost, met hun fraai opgemaakte kapsels en zwierige pruiken, en met meer juwelen dan er volgens Boy konden bestaan.

Boys nieuwe kleren kriebelden toen Maxim hem de hofzaal door leidde. Ze waren stijf en zwaar, de formele kleding van een jonge hoveling. Boy vond het vreselijke kleren, maar zodra hij in de hofzaal was dacht hij er niet meer aan. Zijn mond viel open en hij keek met grote ogen om zich heen, van de glimmende stenen vloer bedekt met dikke tapijten naar de hoge gewelfde plafonds die beschilderd waren met hemelse taferelen, rijk uitgevoerd in blauw en goud. Boy had het zo druk met kijken dat hij niet eens merkte dat ieder ander naar hém staarde. Druk gefluister ritselde door de zaal.

'Doe je mond dicht, jongen,' fluisterde Maxim hem scherp toe bij de komst van Frederick.

Frederick werd het hof binnen gebracht op een lage stoel, die door vier mannen werd gedragen. Ze zetten hem neer aan de voet van de verhoging waarop zijn troon stond en evenals ieder ander in de zaal bogen ze diep toen de kleine, oude, schriele man de zetel van de macht beklom als een kleuter die op de schoot van zijn vader klimt.

Het protocol begon.

'Waar is de jongen?' vroeg Frederick verveeld.

Maxim greep de jongen zo stevig bij zijn elleboog dat het pijn deed en stapte vastberaden met hem naar voren. Boy voelde de ogen van alle aanwezigen op zich gevestigd toen hij de troon naderde. Iedereen keek naar hem, behalve de keizer, die zijn gezicht naar het plafond hief.

'Waarom moet dit nu weer voor dag en dauw gebeuren?' klaagde hij.

'Sire, het is al bijna middag…' zei Maxim, zo zachtzinnig als hij maar kon opbrengen.

'Wanneer leer jij eindelijk eens dat de tijd in dit paleis om mij draait, en nergens anders om?'

Boy geneerde zich bijna voor de ruzietoon die de oude man aansloeg waar al die edelen bij waren, maar de keizer was zich van geen kwaad bewust. Maxim was zo gewend aan dit geharrewar dat hij er amper aandacht aan schonk, maar Boy vond het een gekke boel.

'Is dat de knaap?' vroeg Frederick, nog steeds zonder echt naar Boy te kijken.

Maxim knikte.

'Ja, sire. Hij heeft eigenlijk geen echte naam. Daarom wordt hij gewoon "boy" genoemd.'

In de hofzaal werd gegniffeld en Boy voelde zich rood worden van schaamte en woede tegelijk.

Dit leek Frederick eindelijk wel interessant te vinden. 'Wat merkwaardig. Kon de magiër hem geen echte naam geven?'

'Kennelijk vond hij dat niet nodig,' zei Maxim langzaam en toonloos.

Weer werd er gegiecheld in de zaal en Boy kon er niet langer tegen. 'Dat is niet...' begon hij, maar Maxim kneep hard in zijn hals voordat hij op dreef kon komen. De lucht werd uit zijn keel geperst en hoewel Maxim hem bijna even snel losliet als hij hem had gegrepen, kon Boy eventjes geen adem krijgen.

'Ach, nou ja,' zei Frederick. 'Wat maakt het ook uit. Wat heb je voor nieuws? Heeft hij het geheim?'

'Alles loopt op rolletjes,' verklaarde Maxim, 'zoals de jongen kan bevestigen. Het boek komt binnenkort in ons bezit. Als we het hebben, kunnen we ons aan uw nijpende situatie wijden, precies zoals u het wenst.'

Frederick leek niet onder de indruk.

'Op ditzelfde moment,' vervolgde Maxim, 'zijn mijn mannen op weg naar het boek. De jongen heeft me gezegd waar het zich bevindt. We zullen het in het paleis hebben voordat de dag om is!'

Boy vroeg zich af hoe Maxim zo'n groot risico durfde te nemen. Geloofde hij het zelf? Misschien probeerde hij tijd te winnen. Ook vroeg hij zich af waar Wilg nu was, en hij hoopte vurig dat het ver uit de buurt van het weeshuis zou zijn. Eén ding was zeker – daar zouden de mannen van de keizerlijke garde het boek niet aantreffen. Bij Kepler leek het in ieder geval veilig en het had er alle schijn van dat Maxim niet van Keplers bestaan wist. Als Maxim het boek in handen kreeg, zou hij niet alleen een schrikbewind in het paleis gaan voeren en ieders leven op het spel zetten, maar Boys kans om zelf het boek te gebruiken zou daarmee ook verkeken zijn.

Boy schrok wakker uit zijn gepieker. Hij besefte dat het hele hof hem weer aanstaarde. Hij keek op naar Maxim, die dreigend terugkeek.

'Dat is toch zo?' vroeg Maxim veelbetekenend.

Boy begreep dat dit het moment was waarop hij alles wat Maxim had beweerd moest bevestigen.

'Ja,' zei hij snel en nadrukkelijk. 'Ja. Het boek. Ja.'

Frederick knikte en glimlachte vreugdeloos. 'Goed dan,' zei hij. 'Voor het welzijn van jullie beiden hoop ik dat je gelijk hebt. Laten we overgaan tot de orde van de dag...'

Maxim liep om naar de zijkant van de verhoging en wenkte dat Boy mee moest komen.

Er was wat beroering en er klonk kort trompetgeschal en daarna werd een aankondiging afgeroepen: 'De gegadigden voor posities aan het keizerlijk hof!'

Maxim siste tegen Boy: 'Hou je stil en kijk toe. Jouw taak zit erop voor vandaag.'

Boy deed wat hem gezegd werd. Kennelijk had hij erg lang geslapen, want Maxim had tegen Frederick gezegd dat het al bijna middag was. Hij had veel te snel veel te veel gegeten, en zijn dromen waren opnieuw wild geweest. Flarden uit die dromen kwamen terug in zijn gedachten terwijl hij verstrooid naar de gebeurtenissen aan het hof keek. Hij was door een tunnel gekropen, die te laag was om in te kunnen staan, en hij was ergens naar op weg geweest. Hij deed zijn best het zich te herinneren. Toen wist hij het weer: hij was niet op weg geweest naar een plaats, maar naar een mens. Wilg. Zij had aan het einde van de tunnel gestaan, maar hoe hij ook kroop en kroop, ze bleef steeds even ver van hem vandaan.

Aan het hof kwam een man in het zwart naar voren. Verschillende andere baantjesjagers waren al kortaf weggestuurd en Maxim was blij dat de keizer uitgerekend vandaag niet in een moorddadige, wraakzuchtige stemming was. De man in het zwart kondigde zichzelf aan als alchemist.

Frederick staarde naar het plafond. 'Nee toch?' zei hij. 'Bewijs het! En snel. Mijn benen gaan pijn doen als ik hier zo lang moet zitten…'

De man boog. 'Graag!' zei hij. 'Mijn spullen!' riep hij naar achter in de zaal, waar lakeien zijn uitrusting vasthielden. Binnen een paar minuten had hij een kleine brander neergezet met een statief eroverheen.

Hij begon in een tas te rommelen en haalde een kleine stenen kroes tevoorschijn.

'Ik zal nu een kleine hoeveelheid lood in goud veranderen, volgens een alchemistisch wonder, een geheim systeem, een vermenging van metalen, een proces van zevenentwintig transformaties…'

Boy, die geïnteresseerd raakte, mompelde voor zich heen: 'Dat is een truc.' Maar het werd gehoord.

'Mond dicht,' zei Maxim, maar Frederick boog zich opzij op zijn troon.

'Wat zei hij?'

'Niets,' antwoordde Maxim.

'Ik wil weten wat de jongen zei,' zei Frederick ijzig tegen Maxim. 'Wat zei je, jongen?'

Boy aarzelde.

'Wat zei je? Vertel!'

'Ik zei dat het een truc was.'

'Hoe weet je dat?' vroeg Frederick afgemeten.

De man in het zwart leek te aarzelen. Hij deed zijn mond open om iets te zeggen en Frederick, die niet eens in zijn richting keek, hief zijn hand op. 'Nog een woord van jou en ik laat je op staande voet doden.'

Zo, dacht Boy, die oude keizer kan toch heel scherp zijn als hij er zin in heeft.

'Welaan, jongen, vertel me hoe je weet dat het een truc is,' zei Frederick.

'Het is een toneeltruc. De kroes heeft een valse bodem van was. De was smelt door de hitte en het goud zit er al onder.'

De hele hofhouding leek even de adem in te houden en toen begon iedereen door elkaar te praten.

'Die knul liegt!' riep de alchemist, maar voor hij zich verder kon verdedigen, graaide Maxim de kroes uit zijn handen. Met een nagel krabde hij snel over de bodem en hij hield er al even snel weer mee op.

Hij hield de kroes omhoog, draaide hem om, liet de binnenkant eerst aan de menigte in de zaal zien en toen aan Frederick. Flintertjes was vielen op de grond.

Op de bodem van de kleine kroes was de onmiskenbare glinstering van goud te zien.

Het werd muisstil in de zaal.

'Dood die man,' zei Frederick.

'Nee!' schreeuwde Boy. 'U kunt hem alleen daarom toch niet vermoorden! Dat kunt u niet doen!'

Maar niemand had aandacht voor Boy, behalve Maxim, die op hem af ging en een hand over zijn mond sloeg.

Boy wendde zich af toen de tegenstribbelende man de zaal uit werd geleid. Zelf verzette hij zich tegen Maxim en hij trok diens hand weg van zijn mond. 'Als ik dat had geweten zou ik niets gezegd hebben. Ik... U kunt hem niet vermoorden.'

Weer greep Maxim hem bij de keel en hij kneep hard. 'Eén foutje, jongen. Denk erom, één fout.'

Boy werd stil.

De man was een bedrieger, een oplichter, maar dat mocht toch geen reden zijn om hem te doden? Boy had op zijn tijd wel ergere streken uitgehaald. Veel ergere streken.

Frederick draaide zich om naar Boy. 'Geweldig, jongen!' riep hij uit. 'Goed gedaan! Je hebt nu al bewezen dat je een waardevol jongmens bent! Ja hè, Maxim? Ja toch? Slim kind. We moeten maar goed voor hem zorgen. Hè, Maxim?'

Maxim glimlachte gemaakt. 'Zeker,' zei hij.

'Het is maar goed dat we hem gehouden hebben, hè? Je moest eens beter naar mij luisteren, Maxim, dan bereikten we veel eerder ons doel!'

Weer dwong Maxim zich tot een zwakke glimlach, maar in zijn ogen lag een nauwelijks verholen woede.

Boy zei niets, maar hij keek naar de keizer die dwaas naar hem zat te lachen en waarderend zat te knikken. Hij voelde zich ellendig omdat hij verantwoordelijk was voor de dood van die man. Hij kon maar amper bevatten wat er zich hier allemaal afspeelde, maar wat er vervolgens gebeurde kon hem niet ontgaan.

'De volgende!' riep een lakei en de menigte week uiteen toen de laatste sollicitanten van de dag het aandurfden in het keizerlijk paleis de gunst van het hof af te komen smeken.

Een man en een jongen in wijde mantels, met capuchons over hun hoofden, kwamen naar voren in de hofzaal.

Ze deden de capuchons af en Boy zag dat de kleinste van de twee geen jongen was maar een meisje.

Een man en een meisje. Kepler en Wilg.

5

'Het is voor ze te hopen dat ze goed zijn,' mompelde Maxim tegen Boy. 'Wie het ook zijn, ze kunnen maar beter goed zijn. Als hij eenmaal bloed wil zien vloeien…'

Boy keek naar Wilg.

Ze had hem gezien. Hij kon het merken aan de manier waarop ze alle kanten uit keek, behalve naar hem. Met Kepler ging het net zo. Allebei vermeden ze angstvallig hem aan te kijken. Hij begreep wat dat betekende. Zeg niets, doe niets om ons te verraden. Maar Boy voelde een wanhopige drang hen te waarschuwen voor het gevaar dat ze liepen.

Ze wisten niet dat hun leven aan een zijden draadje hing en dat het hun einde werd als ze er niet in slaagden indruk te maken op de keizer.

Boy probeerde Wilgs blik te vangen, maar ze wilde niet kijken. Ze staarde recht voor zich uit en keek alleen wanneer het nodig was naar Kepler. Boy probeerde met rukjes van zijn hoofd haar aandacht te trekken, maar Maxim zag hem.

'Wat doe je, idioot? Sta stil. Dat zijn de laatsten van vandaag, en daarna kun je naar je kamer tot we het boek hebben.'

Boy stond stil, deed zijn ogen dicht en begon te bidden.

'Wat hebt u ons te laten zien?' vroeg Maxim aan Kepler.

Kepler deed een stap naar voren. 'Ik ben Arbronsius!' verklaarde hij deftig. 'Dit is mijn assistente Mina.' Met een zwierig handgebaar wees hij naar Wilg. 'Wij zijn van verre naar uw grote stad gekomen om onze mystieke krachten aan uwe majesteit te tonen.'

'Schiet eens op, man,' kefte Frederick.

In stilte smeekte Boy Kepler om op te schieten. Die ouwe gek zou hen maar zo laten doden als het hem te lang duurde.

'Zeker,' zei Kepler en hij doorzocht een tas die aan zijn voeten stond. 'Ik heb alleen wat apparatuur nodig...'

'Apparatuur? Apparatuur?' snauwde Frederick. 'Je bent toch niet zo'n verduivelde telescopist, wel? Ik kan die aanstellerige nieuwlichters niet uitstaan!'

'Nee, zeker niet,' zei Kepler haastig. 'Ik moet ook niets hebben van die moderne natuurfilosofen, die zogenaamde geleerden, die bedrieglijke telescopisten!'

Boy vond hem verre van overtuigend klinken, maar hij was dan ook de enige, behalve dan misschien Wilg, die wist dat Kepler dat juist wél was – een moderne geleerde, al stond zijn genialiteit beslist onder invloed van de vondst van het boek. Maar Frederick en de andere aanwezigen aan het hof leken hem te geloven toen hij zich opnieuw bukte en een aantal spullen uit zijn tas haalde.

'Nee, sire, wat ik u nu ga tonen is een waarlijk magisch instrument.'

Met een zwierigheid die Valeriaan waardig zou zijn geweest, trok Kepler een korte koperen cilinder uit zijn tas. Boy herkende het ding onmiddellijk als de lens van de camera obscura, waar aan het eind een buis van matglas aan was bevestigd.

'Ziehier de geestenkijker!' zei Kepler dramatisch.

Frederick zei niets en verborg alleen een diepe gaap achter zijn hand.

'De geestenkijker is een middel waardoor we de geestenwereld kunnen zien. Soms hebben we het geluk beelden op te vangen vanuit de wereld aan gene zijde. Sta mij toe dat ik beelden van daar tracht op te roepen!'

Kepler gaf het toestel aan Wilg, die het vast moest houden terwijl hij zijn handen eromheen vouwde. Hij begon binnensmonds te mompelen, onverstaanbaar voor anderen. Boy was verrast. Hij had nooit gedacht dat Kepler het talent van Valeriaan zou hebben om er zo'n voorstelling van te maken, maar hij zag met eigen ogen hoe overtuigend Kepler de rol van magiër speelde.

Een tijdlang gebeurde er niets, maar toen begon de buis te gloeien met een gelig groen licht, zwak en griezelig. Kepler hield de buis hoog boven zijn hoofd zodat iedereen het goed kon zien en toen hield de hele zaal de adem in bij de verschijning van een gezicht door de gloed binnen in de buis.

Nu wist Boy wat hij zag – het was eigenlijk hetzelfde kunstje waarmee Valeriaan het wonderlijke wezentje had opgeroepen in het eerste deel in zijn illusie van de Verdwijning naar Sprookjesland, zijn beroemdste truc. Misschien was ook dit iets wat hij van Kepler had geleerd. Er kwam een vraag bij Boy op. Had hij hiervoor van Kepler de lens moeten halen in het Gele Huis? Was hij dit zelfs toen al van plan geweest?

'De geestenkijker!' riep Kepler uit. Toen legde hij het ding op de grond, het licht ging uit en Kepler boog voor Frederick, in stilte biddend dat hij genoeg had gedaan. 'Soms,' voegde hij eraan toe, terwijl hij weer overeind kwam, 'kunnen we zelfs stemmen horen uit het andere rijk!'

Boy hield zijn adem in en durfde niet goed naar Frederick te kijken. Wilg stond een stukje achter Kepler, als aan de grond genageld.

Frederick stond op en wees naar Kepler. 'Mooi!' verklaarde hij en hij keek erbij als een verwend jongetje. 'Vind je ook niet, Maxim?'

'Zeer indrukwekkend,' zei Maxim koeltjes.

'Ja, zeer indrukwekkend,' zei Frederick en hij keerde zich weer naar Kepler. 'Hoe heet je ook alweer?'

'Arbronsius,' zei Kepler. 'En dit is Mina.'

'Zeer goed, zeer goed. Je kunt je intrek nemen in het paleis en je kunt ons de komende tijd meer kennis tonen.'

'Dank u, sire,' zei Kepler en hij boog heel diep. Toen hij overeind kwam, keek hij even snel in Boys richting en de jongen knikte kort.

Boy keek van Kepler naar Wilg en hij zag een bijna onzichtbaar glimlachje om haar lippen spelen.

6

Boy was weer terug in de winterkamers. Een andere bediende dan de vorige keer liep bedrijvig af en aan, maakte schoon en ruimde af na de maaltijd die Boy te eten had gekregen. Ze was jong en Boy zag tot zijn opluchting dat ze in ieder geval niet blind was. Hij stond bij het raam, negeerde haar en probeerde te beredeneren hoe het paleis in elkaar zat en waar zijn kamer zich ongeveer bevond in dat grote geheel, maar het was ondoenlijk.

Na een tijdje zette hij zijn gepieker over de indeling van het paleis van zich af en keek alleen nog naar de sneeuwbuien. Hij was overstuur, gespannen en bang. Hij was helemaal uit zijn doen nu hij Wilg had teruggezien, uitgerekend hier, in het brandpunt van het gevaar. Nu moest hij zich niet alleen zorgen maken over hoe hij hieruit kwam, maar ook nog eens om haar. Hij wist dat ze veilig was voor Maxims mannen die het weeshuis doorzochten, maar wat zou er gebeuren als ze met lege handen terugkwamen?

In ieder geval vond de keizer hem leuk, al was dat een schrale troost. Boy wist nu hoe onvoorspelbaar de keizer was: zijn stemming kon van het ene moment op het andere omslaan.

Boy bestudeerde een sneeuwvlokje dat langs het raam dwarrelde en hij begon automatisch vlokjes te tellen, waar hij steeds kalmer van werd.

Hij had geen idee waar Kepler en Wilg nu waren. Ze waren meegenomen in een heel andere richting dan die naar de winterkamers.

'Waar slapen de echte gasten?' vroeg hij aan het meisje. 'Niet gevangenen zoals ik.'

Het meisje hield op met haar werk en keek verwonderd.

'Als ik een gewone gast was,' legde Boy uit, 'waar zou ik dan slapen?'

Het meisje dacht even na. Ze leek zijn vragen niet verdacht te vinden.

'Dat hangt ervan af wie het zijn. Hoge heren uit de burgerij worden in de Fonteinhof ondergebracht, edelen in de westelijke statenkamers.'

'En lui als waarzeggers dan? Dat soort volk.'

'Oh,' zei het dienstmeisje. 'Dat gaat weer anders. Die zitten allemaal in de Oude Zuidertoren.'

'En waar is die?'

'Een heel eind weg,' zei ze en ze draaide zich om en wilde weggaan. 'Aan de andere kant van de Grote Hof. Het is de hoogste toren van het hele paleis.'

Boy glimlachte. Met die informatie kon hij wel iets.

Aan de andere kant van de deuren stonden wachtposten, maar dan was er ook nog de geheime trap waarover hij de eerste keer in zijn kamers was gekomen. Die zat op slot, maar de oudere bediende had de fout begaan Boy zijn inbraakpinnetje te laten houden.

Boy ging op bed liggen wachten tot het donker werd.

7

Het duurde langer voordat Boy in actie kon komen dan hij had ver-wacht. Hij was die eerste keer dan wel door de geheime deur zijn ka-mers binnen gekomen, maar hij had ruim een halfuur nodig om langzaam de wanden af te tasten en hem terug te vinden. Zelfs toen hij de deur vond, verkeek hij zich er nog bijna op omdat hij zo slim was weggewerkt.

Hij had geen enkele moeite met het slot, toen hij eindelijk had ontdekt waar het sleutelgat verstopt zat in de kunstige strook van houtsnijwerk die rondom de hele kamer liep. Een por met zijn pin-netje en de deur sprong al open. De scharnieren waren zo vernuftig bevestigd dat alle houten wandpanelen naadloos op elkaar aansloten.

Boy liep naar het bed en propte een aantal kussens zo tegen elkaar dat het leek alsof er iemand lag te slapen. Hij trok de lakens erover-heen en liet een hoekje van zijn nachthemd aan een kant van het bed over de rand hangen.

Buiten was het donker. In het geheime trappenhuis was het nog donkerder, maar Boy haalde nog snel een olielampje uit zijn slaapka-mer en begon aan de afdaling. Een doordacht plan had hij niet. Het leek hem het beste om naar buiten te gaan, want hij meende dat het makkelijker zou zijn om van buitenaf de Oude Zuidertoren te vinden dan wanneer hij doelloos binnen door eindeloze gangen dwaalde.

Onder aan de geheime trap aarzelde Boy, hij legde zijn oor tegen de deur en luisterde scherp of hij geluiden hoorde. Hij hoorde niets, maar toch wachtte hij voor de zekerheid nog een poosje. Het bleef stil. Hij duwde de kleine hendel omlaag en zwaaide de deur open, zette toen de olielamp op de onderste traptrede en sloot de deur, waarbij hij zorgvuldig de plaats in de wand in zich opnam. De deur was bijna onzichtbaar zodra hij weer dichtzat.

De gang was precies zoals hij zich herinnerde. Kennelijk brandde er 's nachts maar weinig licht in de gangen van het paleis. Daar waren de brede marmeren trappen die met een bocht naar boven gingen. Hij nam aan dat zo'n belangrijke hal wel dicht bij een ingang van het paleis moest zijn en ging naar de deuren aan de overkant. Hij kreeg gelijk: hij was nu in een kleinere hal, waar hij de nachtelijke buitenlucht kon ruiken. De wand bestond uit een rij grote deuren waarvan hij aannam dat ze allemaal naar buiten leidden, maar Boy zag aan weerskanten een kleiner deurtje voor dagelijks gebruik en hij koos het dichtstbijzijnde. Hij was al halverwege de hal toen hij een soldaat zag, die zat te dutten op een smal houten bankje naast de andere kleine deur. Boy maakte dat hij buiten kwam en sloot het deurtje zachtjes achter zich.

Hij stond buiten. Voor het eerst in dagen ademde hij frisse lucht in en hij genoot, ondanks de kille wind die langs zijn gezicht streek.

Het was een maanloze nacht en Boy wachtte tot hij meer kon onderscheiden voordat hij verderging, maar toen zijn ogen aan de duisternis wenden zag hij een grijs grasveld voor zich.

Sneeuw.

Alles werd bedekt door de sneeuw, die gestaag bleef vallen. Meteen zag hij een probleem: voetafdrukken. Waar hij ook ging zou hij sporen achterlaten en zelfs in het halfdonker kon hij zien dat de sneeuw nu nog ongerept was.

Lang bleef hij op de treden van het bordes staan en hij werd steeds zenuwachtiger. Teruggaan was onmogelijk en uiteindelijk bedacht hij dat hij er maar het beste van moest hopen. Als het de hele nacht zwaar genoeg doorsneeuwde, werden zijn sporen misschien wel afgedekt.

Toch liep hij zo dicht mogelijk langs de muren, ook al omdat hij van nature liever in de schaduw bleef en zich niet graag liet zien.

Hij kon geen Zuidertoren ontdekken – hij zag trouwens helemaal niets dat op een toren leek – maar hij wist inmiddels al dat het paleis een verschrikkelijk ingewikkelde samenstelling van gebouwen was, en zijn zicht werd belemmerd door de hoogte van het plein waar hij zich bevond.

Een halfuur lang had zijn route langs grote en kleine gebouwen gevoerd, door zuilengangen en over wenteltrappen, was hij over lage en hogere muren geklommen en had hij aan een stuk door de sneeuw vervloekt waar hij tegelijkertijd zo van hield. Zijn handen en voeten waren gevoelloos en als hij achterom keek zag hij het verraderlijke spoor van zijn voetstappen, zelfs in het donker nog goed zichtbaar.

Maar nu keek hij uit over de volgende vierkante binnenhof en zag hij een enorme toren, smal en rond. Niet ver daarachter kon Boy de zuidmuur van het paleis zien en hij besloot dat dit de Zuidertoren moest zijn.

Plotseling besefte hij hoe zinloos zijn onderneming was.

De deuren zouden op slot zitten, maar die kon hij wel open krijgen. Hij nam aan dat hij wel binnen kon komen, maar hij besefte hoe klein de kans was dat hij erachter kon komen waar Wilg was. De Oude Zuidertoren rees hoog boven hem op tegen de nachtelijke hemel vol sneeuw. Hij kon nog acht verdiepingen tellen voordat hij niets meer kon onderscheiden. Toen hij de toren naderde, zag hij dat die vanuit de verte wel smal had geleken maar in werkelijkheid enorm was. Hij bleef staan en probeerde te bedenken wat hij moest doen. In een situatie als deze zou Valeriaan zich naar Boy hebben omgedraaid. Boy kon zijn stem bijna horen: 'Wat staat ons nu te doen, jongen?' zou hij gevraagd hebben. Zelfs in zijn laatste dagen had Valeriaan een probleem dat zich voordeed nog logisch benaderd en aan Boy voorgelegd om hem aan te sporen ook logisch over de oplossing na te denken. De macht der gewoonte had zich onwrikbaar in de jongen gevestigd.

Maar wat kon hij doen? Dicht langs de muur liep hij zo ver hij kon om de toren heen. Hij schatte dat er minstens zes kamers op elke verdieping waren. Hij probeerde uit te rekenen hoeveel kamers er konden zijn als er bijvoorbeeld niet meer dan acht verdiepingen waren, maar hij gaf het al op voordat hij de uitkomst had. Hij begreep dat het zinloos was.

Het liefst was hij gaan gillen, Wilgs naam schreeuwen en de benen nemen voor iemand hen kon pakken, maar hij wist hoe stompzinnig dat was. Lang voordat ze een uitweg naar de buitenwereld hadden gevonden, zouden ze al gepakt zijn. Toch was hij niet van plan om het op te geven.

Langzaam liep hij om het gebouw heen, terug naar een poortje dat hem eerder was opgevallen, toen hij iets vreemds zag. Hier op de grond was de sneeuw donkerder van kleur en half gesmolten.

Toen hij opkeek, zag hij rechts van zich een lage boog die toegang gaf tot een gewelf onder een gebouwtje aan de voet van de toren. Het spoor van besmeurde sneeuw ging onder de boog door. Zonder erbij na te denken liep Boy naar de lage boog en daar hoorde hij iets. Het klonk als gejank van een gewond dier, met nog een bijgeluid. Een soort vochtig geluid, dat Boy niet kon plaatsen.

Hij wilde maar dat hij de lamp had meegenomen. Toch stak hij zijn hoofd naar binnen. Het geluid werd harder.

Hij vroeg zich af of hij moest roepen – als daar een gewonde lag, had hij misschien hulp nodig. Maar hij kon niet het risico lopen zichzelf te verraden en bovendien was het zijn zorg niet. Hij had dit nog niet besloten of hij dacht een beetje schuldig aan Wilg. Zij zou meteen te hulp zijn geschoten, ook als ze daarmee zichzelf in gevaar bracht.

Hij ging een klein stukje de tunnel in en wilde net gaan roepen toen hij iets rook – een geur waardoor hij onmiddellijk wist wat er aan de hand was. De donkergekleurde, smeltende sneeuw, het slurpende geluid, het gejammer. Het was de geur van bloed.

Een kreet van angst steeg in hem op en hij kon zich niet inhouden. Het geluid hield op en voor zich uit zag hij een donkere schim bewegen. Het was een logge figuur, die over iets kronkelends op de grond gebogen was. De gedaante keerde zich om en Boy keek recht in zijn gezicht.

Heel even hield de wereld op te bestaan. Boy moest te veel ontzettingen tegelijk in zich opnemen. De arme ziel die dood op de grond van de tunnel lag. Het Fantoom dat boven op zijn prooi zat, met een mond druipend van het bloed. En de ogen – tot overmaat van ramp waren er die ogen.

Zonder een vinger uit te steken staarde de griezel hem aan met die ogen. Boy schreeuwde het uit, zette het op een lopen en het kon hem niets schelen of iemand hem hoorde of zag toen hij in paniek vluchtte over het terrein van het paleis.

Pas na een hele tijd besefte hij dat hij niet achtervolgd werd, maar hij voelde zich nog lang niet veilig.

Hij rende aan een stuk door langs de weg die hij gekomen was, met brandende benen en een steek in zijn zij, tot hij de zijdeur in zicht kreeg waardoor hij een paar uur geleden naar buiten was gegaan. Heel even hield hij zijn vaart in toen hij binnen langs de slapende wacht moest. Hij stormde over de geheime trap terug naar zijn kamers, waar hij zich opsloot en rillend en met heftig schokkende schouders bleef staan. Met al zijn kleren aan klom hij in bed en van pure schrik barstte hij in huilen uit.

Na een hele tijd werd hij het huilen beu en alleen een doffe, schrijnende pijn bleef over. Hij probeerde het schouwspel van zich af te zetten, maar het lukte hem niet. Zijn gedachten werden beheerst door het beeld van het arme wezen – dier, of erger nog, mens – dat door het Fantoom om het leven was gebracht. En dan was er het Fantoom zelf. Eigenlijk niet eens zo groot. Een kleine gedaante, maar gespierd, vooral rond de schouders en armen, gedrongen als een van die mensapen die Boy eens gezien had in een rondreizend circus dat de stad had aangedaan. En zijn gezicht. Zijn gezicht was te afschuwelijk om waar te zijn, en zijn haar was dun en piekerig, met goed zichtbare grote stukken kale schedel eronder. De ogen waren het akeligst – er was iets aan die ogen dat Boy de stuipen op het lijf had gejaagd. Ze waren bijna wezenloos, met daarachter misschien niets anders dan de gedachte aan moorden, maar toch was dat niet alles. Iets aan die ogen had zich op Boys netvlies had gebrand en bleef daar spoken, zonder dat Boy kon uitmaken wat het was.

Andere gedachten raasden door zijn hoofd, met overheersend de angst dat hij een spoor had achtergelaten dat door alles en iedereen kon worden gevolgd naar de winterkamers, of in ieder geval naar de ingang beneden. Rillend wenste hij vurig dat de sneeuw bij dikke pakken zou vallen om zijn voetsporen te verbergen, het bloed te verbergen, en om al zijn pijn weg te vagen.

'Sneeuw alsjeblieft, sneeuw alsjeblieft, sneeuw alsjeblieft,' herhaalde hij eindeloos in zichzelf.

En ondanks al zijn kleren, ondanks de warmte in de kamer en het weelderige beddengoed, lag Boy te sidderen terwijl hij wanhopig wachtte tot de slaap hem zou overmannen.

8

Niet alleen gedachten aan het Fantoom hielden Boy wakker. Wilg was er ook nog. Stel dat ze niet veilig opgesloten zat in de toren terwijl die griezel vrij rondwaarde? Maar eigenlijk was het nergens in de stad echt veilig. In die ellendige nacht maakte hij zich voorstellingen van de opschudding die 's ochtends vroeg zou losbarsten als de bloederige puinhoop werd ontdekt.

Maar toen het ochtend werd, gebeurde er niets. De oude blinde bediende kwam en ging, bracht hem zijn ontbijt en zei geen woord over moord.

Toen ze weg wilde gaan, hield Boy haar tegen.

'Wat is er, jongen?'

'Ik vroeg me af of u vanochtend iets bijzonders in het paleis heeft gehoord. Iets vreemds.'

De vrouw schudde haar hoofd. 'Het is een doodgewone dag.'

Toen ze weg was, liep Boy naar het raam. Het had inderdaad hard doorgesneeuwd en hij bad dat het genoeg was om de gebeurtenissen van die nacht te verbergen.

Van zijn hoge uitkijkpunt kon hij een man met een sneeuwschuiver zien die bezig was een gedeelte van het voetpad om het pleintje beneden onder zijn raam schoon te maken. Het sneeuwde nog steeds en Boy begon kalmer te worden, maar de gedachte aan Wilg bleef hem dwarszitten.

Zijn gepieker werd verstoord toen de deur naar de andere kamer open werd gesmeten.

Maxim kwam met grote stappen binnen en Boy zag meteen dat hij in een slecht humeur was.

Was hij iets te weten gekomen van Boys nachtelijke activiteiten, of was hij woedend om het moordzuchtige Fantoom? Maar het leek alsof niemand wist dat Boy ontsnapt was en alsof niemand wist, of er-mee zat, wie het Fantoom binnen of buiten het paleis afslachtte.

'Die meid was er niet!' Maxim kwam pal voor Boys neus staan, maar de jongen hield zich flink en gaf geen krimp. Dat leek Maxim van zijn stuk te brengen en voor de verandering haalde hij niet uit. Boy werd niet meer warm of koud van dreigementen en slaag. Hij had die nacht iets gruwelijks meegemaakt en op de een of andere ma-nier had die schok hem een merkwaardige kracht gegeven. Wat stel-de een klap voor in vergelijking met wat hij in de tunnel had gezien?

'Dat had ik u wel meteen kunnen vertellen,' zei Boy, die de ironie van de situatie wel leuk vond. Hij wist precies waar 'die meid' was, hier in ditzelfde paleis, terwijl Maxim de stad liet uitkammen op zoek naar haar.

'Hoezo? Waar is ze?'

Vlak onder je neus, dacht Boy.

'Ik heb geen idee,' loog hij, 'maar ik weet wél dat ze slimmer is dan uw soldaten. Ze vinden haar toch niet.'

Maxim duwde Boy met zijn rug tegen de muur.

'Gaat u me weer slaan?' vroeg Boy onbewogen. Hij voelde zich ijzig kalm.

Maxim had hier even niet van terug. De jongen was in een vreem-de bui en hij had geen tijd voor spelletjes. 'Nee,' zei hij. 'Nee, ik doe je niets. Maar als je me niet vertelt waar dat boek is, stuur ik je naar een plek die je dood wordt. De donkere trap. Denk aan de donkere trap, jongen. Denk er goed aan.'

Boy voelde zijn kracht wegebben. Hij krabde aan zijn neus en keek weg van Maxim.

'Aha,' zei Maxim, 'je weet dus wat ik bedoel? Mooi. Zeg op dan:

waar is het boek? En waar is dat meisje, als ze het boek heeft? En als ze het niet heeft, wie heeft het dan wel? Als je het me niet onmiddellijk vertelt, laat ik je op staande voet…'

Boy schuifelde voorzichtig bij de muur vandaan en liep naar het raam aan de andere kant om naar de sneeuw te kijken. Wat moest hij zeggen? Als hij Maxim over Kepler vertelde en erbij zei dat de geleerde en Wilg in het paleis waren, betekende dat nog niet dat hij het boek in handen kreeg. Boy had geen idee of Kepler het bij zich had. Het was even riskant om het boek mee te nemen als om het achter te laten. Een ding was zeker: als hij het aan Maxim vertelde, liep Wilg ook gevaar. Hij kon niets zeggen.

'Ik weet het niet,' zei hij, zo rustig en duidelijk dat Maxim niets anders kon dan hem geloven.

Boy had sinds oudejaarsavond het gevoel dat de tijd die hem gegund was hem cadeau was gedaan. Valeriaan had hem toen willen vermoorden. Op het laatste nippertje was hij van gedachte veranderd, of liever, Kepler had hem omgepraat door te beweren dat Boy Valeriaans zoon was. Een van de twee moest sterven: de vader of de zoon. Nu had Boy nog maar een wens: dat Wilg veilig zou zijn.

'Gooi me maar voor het Fantoom als het moet. Ik kan u niet zeggen waar het boek is omdat ik het niet weet.'

Boy verwachtte dat Maxim tegen hem tekeer zou gaan, hem zou uitschelden, slaan en onmiddellijk laten afvoeren, maar niets van dat alles gebeurde. Maxim ging op een stoel zitten en schudde zijn hoofd.

Boy liep bij het raam vandaan. 'Waarom?' vroeg hij.

Maxim keek op.

'Waarom moet u het boek hebben? Waarom moet de keizer het hebben? Het is hier eerder geweest en heeft alleen maar kwaad gedaan.'

'Dat heeft de dokter je zeker verteld? Die heeft ooit zijn nut gehad, maar weet je, ik dacht dat hij zijn verstand verloren had…'

'Dat scheelde niet veel, denk ik. Wat heeft hij voor ergs gedaan dat hij zo'n lot verdiende? Waarom moest hij zo lang de gevangenis in? Hoe lang eigenlijk... tien jaar?'

'Vijftien,' verbeterde Maxim. 'Vijftien jaar. Hij wist te veel dat hij niet weten mocht. Dat kon ik niet toestaan. Ik was de enige andere nog levende persoon die wist wat hij wist.'

'Waarom hebt u hem niet gedood?' vroeg Boy bitter. 'Jullie moorden hier zo makkelijk.'

Maxim keek hem wrang aan. 'In die tijd misschien iets minder makkelijk. Maar er was nog een andere reden. We hadden zijn kundigheid nodig... als arts.'

'Waarom?' vroeg Boy, benieuwd of Maxim hem over het Fantoom zou vertellen en zou toegeven dat hij van het bestaan ervan wist, dat ze er zelfs voor zorgden en Bedrich nodig hadden om te proberen de gewelddadige uitbarstingen ervan te beperken.

Daarin werd hij teleurgesteld.

'Dacht je soms dat ik je alle geheimen van het paleis ging vertellen, jongen? Doe niet zo stom. Ik ben maar om een reden in jou geïnteresseerd: het boek. Jij was erbij toen Valeriaan doodging. Je móét wel weten wat er met het boek is gebeurd.'

Boy schudde zijn hoofd.

'We dachten geen moment meer aan het boek. Valeriaan was verdwenen. Wilg en ik gingen uit het Gele Huis weg. De toren was verwoest. Als uw mannen het boek niet gevonden hebben toen ze mij gevangennamen, moet het gestolen zijn voordat ik die dag terugging.'

Maxim bestudeerde Boys gezicht alsof hij daarop kon lezen of het waar was wat hij zei.

'Maar waarvoor hebt u het nodig?' vroeg Boy weer. 'Waar heeft de keizer het voor nodig?'

'Omdat hij waanzinnig is!' barstte Maxim uit en toen zweeg hij even. Hij zuchtte. 'Ik moet de keizer het enige geven wat hij niet heeft: zijn leven.'

'Wat bedoelt u?' vroeg Boy. 'Hij leeft toch nog?'

'Is het je opgevallen? Hmm. Maar hoe lang nog? Hij is nu achtenzeventig jaar, maar zoals je zelf kunt zien, zo zwak alsof hij minstens twintig jaar ouder is. Hij is een zielige, zwakke schijnvertoning van een man, en hij wil het eeuwige leven.'

'Watte?' stamelde Boy.

'Hij wil het eeuwige leven,' zei Maxim, alsof het de gewoonste zaak van de wereld was. 'Hij heeft geen troonopvolger. Hij is de laatste van een regelrechte familielijn die minstens zeven eeuwen teruggaat. Wanneer hij doodgaat...'

'En wil hij daarom eeuwig leven? Hij is gek!'

Maxim keek even naar Boy, niet erg geïnteresseerd.

'Om die woorden zou ik je moeten laten doden. Maar ja, je hebt gelijk. Het is mijn pech dat ik een manier moet vinden om hem onsterfelijk te maken voordat hij zijn geduld verliest omdat het me niet lukt.'

'Ik snap het. En ik snap het ook weer niet,' zei Boy. 'Hij wil onsterfelijk worden. Als u het boek vindt... als u het boek vindt en het heeft een antwoord, hoe gaat het dan verder?'

Nu leek Maxim wel geïnteresseerd in zijn woorden. 'Wat bedoel je?'

'Nou, stel dat het boek u iets magisch vertelt dat u moet doen om de keizer eeuwig te laten leven. Een of andere toverformule, of zo. Dan doet u wat het boek zegt en de keizer denkt dat hij onsterfelijk is.'

'Ja, en?'

'Nou, hij weet toch pas of het wel of niet gelukt is als hij doodgaat?'

Het bleef heel lang stil, en al die tijd keek Maxim hem strak aan.

De stilte werd verbroken door een klop op de deur. Het jongere dienstmeisje kwam binnen zonder op antwoord te wachten. 'Heer Maxim,' zei ze. 'Heer, u...'

'Niet nu!' schreeuwde Maxim.

'Maar, heer, de keizer vraagt naar u. Nu meteen, heer.'

'Verdomme!' zei Maxim en hij stond op. 'Goed, ik kom er aan.'

Hij draaide zich om naar Boy. 'Niet weggaan, hoor,' zei hij glimlachend. 'Jij hebt het punt bereikt waarop ik niets meer aan je heb. Je blijft hier tot ik bedacht heb wat ik met je moet doen.'

Boy kwam overeind.

'Maar, heer,' zei het meisje tegen Maxim. 'Zijne keizerlijke hoogheid wil Boy ook spreken. Hij zegt dat de jongen voortaan aanwezig moet zijn aan het hof.'

Maxim vloekte en greep het meisje bij de arm. 'Weet je dat zeker?' blafte hij, maar er was geen reden om aan haar woorden te twijfelen. Hij liet haar los, schopte een stoel omver en stormde de kamer uit.

'Kom mee!' schreeuwde hij over zijn schouder.

Boy schoot de deur uit en ging achter Maxim aan. Verbijsterd besefte hij dat de roemruchte, krankzinnige, uitgebluste heerser van de stad waarschijnlijk zojuist zijn leven had gered.

9

Wilg. Zodra hij de hofzaal binnen kwam, merkte Boy haar op tussen de drommen aanwezigen. En zij zag hem ook meteen en glimlachte. Boy waagde het terug te lachen omdat Maxim op niets anders lette dan de snelste route naar de troon, waar de keizer ongeduldig op hem zat te wachten.

Maxim had het gevoel dat de keizer wel eens een heel slechte bui kon hebben en hij kreeg gelijk.

'Zo, Maxim. Je hebt weer gefaald!'

De hoge, iele stem van de keizer snerpte door de hofzaal waar alle aanwezigen verstomden. Er viel een doodse stilte.

Boy kon de spanning aan het hof voelen. Tijdens zijn korte verblijf hier had hij al geleerd wat een hachelijk bestaan de paleisbewoners leidden, overgeleverd aan de grillen van de keizer. Maxim was geen uitzondering, en Boys eigen veiligheid hing aan een zijden draadje tussen de keizer aan de ene kant en diens rechterhand aan de andere.

'En, Maxim, wat heb je daarop te zeggen?'

Boy zag zijn kans schoon.

Hij was achtergebleven op Maxim, die nu de volle aandacht van het hele hof had. Hij probeerde zich zo klein en onopvallend mogelijk te maken en schuifelde zijwaarts in de richting van Wilg en Kepler. Niemand scheen het te merken, alle ogen in de zaal waren gevestigd op de scène die zich tussen Frederick en Maxim afspeelde.

'Ja! Je hebt gefaald en het boek niet gevonden! En wat dacht je daar precies aan te doen?'

Maxim deed een stap naar voren en leek iets te willen zeggen, maar Frederick zat zich op te winden tot een staat van razernij.

'Een simpele opdracht geef ik je, en natuurlijk slaag jij er weer niet in je beloftes waar te maken! Ik zweer dat het opzet van je is! Je wilt me dood hebben, hè? Dat is toch zo? Nou, jij zult veel eerder aan je eind komen dan ik, Maxim. Ik heb er genoeg van! Ik heb meer dan genoeg van jouw zielige smoesjes en ik sta niet toe dat het zo doorgaat!'

Het was Boy gelukt bij Wilg te komen.

Hij streek met zijn hand langs de hare, maar kon geen zinnig woord uitbrengen.

'Boy,' zei Wilg.

Kepler draaide zich om en zag hem. Hij glimlachte even, maar fronste toen zijn wenkbrauwen. Hij keek Boy kwaad aan. 'Je mag niet met ons gezien worden,' siste hij. 'Dat is gevaarlijk.'

'U begrijpt het niet,' fluisterde Boy terug. 'Het is hier gevaarlijker dan u denkt.'

'Wat bedoel je?' vroeg Wilg.

Boy wilde net antwoord geven toen hij merkte dat een dame vlakbij naar hen keek. Hij keerde zich van Wilg weg en deed alsof hij naar de strijd keek die zich voor hun ogen ontvouwde. Na een poosje begon hij tegen Wilg te praten zonder haar aan te kijken, met zijn blik strak op Frederick en Maxim gericht.

'Het is gevaarlijk. Die twee daar vooral,' fluisterde hij en hij knikte kort naar de verhoging. 'Maar er is nog iets. Het Fantoom. Het Fantoom woont hier, onder het paleis.'

Boy waagde het even om naar Wilg te kijken. Haar gezicht was een toonbeeld van verwarring. Boy keek weer voor zich uit.

'Later,' fluisterde hij, zo zacht dat alleen zij het kon verstaan. 'Ontmoet me vanavond hier.'

Frederick zat zich intussen grenzeloos op te winden.

Eindelijk lukte het Maxim er een speld tussen te krijgen. 'Sire, hoe komt u toch op het idee dat ik het boek niet heb?'

'Van de kapitein van de keizerlijke garde.'

'Maar mijn mannen…'

'Jóúw mannen, Maxim? Jóúw mannen? De keizerlijke garde is van mij. Ze werken niet voor jou! Ze werken voor mij! De keizerlijke garde is er om mij te dienen. Eerder vandaag heb ik de kapitein gesproken, die me vertelde dat het boek niet gevonden is bij hun zoektocht in de stad!'

Frederick ziedde nu van woede en dan kon hij tot alles in staat zijn.

'Maar sire,' zei Maxim bedaard, 'we hebben het boek wél.'

'Wát?' beet Frederick hem toe.

Boy en Wilg stonden als aan de grond genageld.

'We hebben het boek,' vervolgde Maxim. 'Het is wél gevonden op onze missie in de stad. Het ligt allang veilig en wel in mijn vertrekken. Ik was al naar u onderweg om het grote nieuws te vertellen. Ik ga het boek grondig bestuderen, maar eerst moet ik… een hartig woordje wisselen met de kapitein van de garde.'

Boy keek naar Wilg, die bijna onmerkbaar haar hoofd schudde. Natuurlijk had Maxim het boek niet, maar wat speelde hij dan voor een spel? Boy begreep het niet, maar hij wist dat de inzet per minuut verhoogd werd.

'Wanneer krijg ik het te zien?' vroeg Frederick scherp.

'Maar sire, het leek me het beste als ik het goed bewaar,' zei Maxim voorzichtig. Hij boog zich naar de verhoging en fluisterde: 'Na wat er gebeurd is… toen we het eerder hadden… is het misschien beter dat ik het verberg.'

Fredericks gezicht was verschrikkelijk om te zien. De oude keizer werd bestormd door herinneringen die zijn gezicht deden vertrekken in een uitdrukking van angst en kwelling. Even bevroor die uitdrukking op zijn gezicht, toen herstelde hij zich. 'Ja,' zei hij zwakjes, 'ja. Je hebt gelijk, Maxim.'

Maxim ging weer rechtop staan en zei op luide, vrolijke toon: 'Is het geen prachtig nieuws? Eindelijk is ons doel in zicht.'

Frederick knikte en hij zat er op zijn hoge troon bij als een kind. 'Ja,' zei hij alleen maar.

'Ik zal me in mijn kamers opsluiten. Dag en nacht ga ik mij aan deze taak wijden. Ik zal het boek raadplegen alsof het een kristallen bol is en zodra ik de oplossing heb gevonden, treffen wij maatregelen om u... onsterfelijk te maken!'

Hij bracht het met zo'n meeslepende geestdrift dat de hele hofhouding zonder erbij na te denken meteen in applaus losbarstte.

Frederick zat roerloos op zijn troon en trachtte zijn emoties de baas te worden. Om zijn mond speelde een zenuwtrekje dat bijna niemand opviel.

In de zaal werd lawaaierig gepraat en geklapt en Boy boog zich naar Wilg zodat alleen zij hem kon horen. 'Zit je kamer op slot?'

Wilg schudde van nee.

'Mooi, vanavond dus. Na middernacht.'

Kepler greep haar arm en begon haar mee te trekken. Ze wilde protesteren, maar zag toen waarom. Maxim kwam met grote stappen naar Boy toe. De bijeenkomst in de hofzaal was voorbij en de mensen gingen weg. Nu stond Maxim voor Boy, en hij wierp heel even een blik op Wilg en Kepler. Hij keek alsof hij iets wilde zeggen.

'Gaan we?' vroeg Boy snel aan Maxim en hij deed zijn best geen greintje interesse voor Wilg en Kepler te tonen. 'Mag ik meehelpen?'

Maxim keek nog steeds naar Wilg, met een vraag op zijn lippen, maar nu wendde hij zich tot Boy. 'Meehelpen? Jij mij helpen?' zei hij verachtelijk. Hij greep Boy vast en sleurde hem mee de zaal uit. Boy durfde niet om te kijken naar Wilg.

'Natuurlijk kun jij me niet helpen. Maar helaas denkt keizer Frederick dat je nuttig bent, zodat je voorlopig maar met me mee moet. Als ik hem onsterfelijk heb gemaakt, wordt het een ander verhaal.'

Ze waren nu de zaal uit en gingen weer naar boven.

'Wat dan?' vroeg Boy. 'Wat gaat er dan met me gebeuren?'

Maxim hield zijn pas niet in. 'Dan hebben we niets meer aan je. Net zomin als aan al die bedriegers en kwakzalvers die om hem heen zwermen als vliegen om een lijk.'

'Maar u hebt het boek niet eens!' riep Boy uit.

Nu bleef Maxim wel staan. Hij sloeg zijn hand over Boys mond en drukte hem tegen de muur.

'Moet het hele paleis je horen?' snauwde hij. 'Je houdt het voor je, of ik maak je ter plekke af en zeg tegen Frederick dat je een ongeluk hebt gehad.'

Hij hield zijn hand net zo lang over Boys mond tot er aan de andere kant van de gang een dienstmeisje verscheen. Maxim liet Boy los en trok hem weer mee.

'Pas jij maar heel goed op,' zei hij. 'Let op je woorden. Trouwens, je zult de kans niet krijgen om met anderen te praten. Je blijft op je kamer tot ik je kom halen.'

'Maar hoe gaat u hem dan onsterfelijk maken? U hebt het boek niet.'

Ze kwamen bij de deuren naar Boys kamers.

Maxim duwde hem naar binnen en sloot de deur achter zich, zodat de wacht hem niet kon horen. 'Nee!' zei hij. 'Ik heb het boek niet. En ik heb het ook niet nodig.'

Hij draaide zich om, legde zijn hand op de deurknop en wilde weggaan.

'Ik snap er niets van,' zei Boy.

'Oh nee? Dat verbaast me. Jij bent tenslotte degene die de oplossing voor me heeft bedacht. Ongelooflijk dat ik er zelf niet op gekomen ben. Misschien zag ik door de bomen het bos niet meer. Maar dat doet er nu niet meer toe. Ik moet weg. Ik zal eerst de kapitein van de garde eens een bezoekje brengen. Het lijkt me tijd dat hij plaatsmaakt voor een ander.'

10

Nacht in het paleis.

De afzonderlijke delen van het paleis vormden afzonderlijke werelden, maar tegelijkertijd hielden die werelden verband met elkaar en draaiden ze mee in een en dezelfde, ingewikkelde dans.

In de keizerlijke vertrekken lag Frederick zacht te snurken en in zijn slaap te mompelen. Heerlijke dromen over zijn komende onsterfelijkheid botsten met nachtmerries over akelige gebeurtenissen uit het verleden, die hij lang als vergeten had beschouwd. Hij droeg een rode nachtmuts met een lang koord dat over zijn gezicht viel, zodat het er in het vage licht uitzag als een spoor van opgedroogd bloed.

Hij lag te woelen en riep van tijd tot tijd iets, maar hij werd niet wakker. De wachters bij de deur negeerden hem, gewend als ze waren aan dit gedrag van de keizer.

Vlakbij, in de aangrenzende vleugel van het paleis, ijsbeerde Maxim, de rechterhand, vertrouweling, arts, bediende, raadsman en voorlichter van de keizer, door zijn studeerkamer. Eindelijk ging hij in een fluwelen leunstoel bij het vuur zitten en krabde op zijn kale hoofd. Hij wikte en woog. Hij had nu een antwoord klaar voor Frederick. Hij had een oplossing. Als Maxim succes boekte, was er geen vuiltje aan de lucht en dan zou hij veilig zijn. Als het plan mislukte, zou die irritante oude gek hem vast en zeker de verschrikkelijke trap af sturen. Maar helemaal niets doen zou hem in ieder geval fataal worden. Frederick werd met de dag wispelturiger. Maxim wist dat zijn leven aan een zijden draadje hing en dat nog langer uitstel hem de kop zou kosten. Hij moest nu handelen, dat stond vast.

Afwezig gooide hij meer kolen op het vuur en intussen was hij met zijn hoofd bij heel andere zaken. Wat had hij een merkwaardig leven geleid! Hij wilde niet dat het al afgelopen zou zijn, maar moord en doodslag hadden altijd een grote rol gespeeld en nu hij ouder was en misschien een beetje wijzer was geworden begon hij het te zien als een kwaal. Die heerste al heel lang om hem heen en nu voelde hij heel sterk de dreiging dat ook hijzelf niet lang meer aan de besmetting kon ontkomen.

Toen hij in de kerkers was had hij Bedrich een liedje horen zingen, een lied van lang geleden, geschreven door Sofia Beebe in de tijd dat haar familie nog bij de keizer in de gunst stond. Nu hij het weer gehoord had, bleef het maar in zijn hoofd zitten. De woorden leken nu zo toepasselijk, misschien kwamen daardoor al die gedachten aan het verleden bij hem op, al die gedachten aan de dood.

Had Sofia Beebe het boek wel eens gebruikt? Had ze voorzien hoe haar eigen toekomst zou uitpakken, en de toekomst van ieder ander die te maken had met die duivelse inhoud? Het was een afschuwelijk idee, waardoor hij zich volkomen machteloos voelde. Toch bleef het lied door zijn hoofd spelen en hij neuriede het zacht voor zich uit.

'Je vlucht toch niet
nu je boot bijna af zal varen?
Je blijft toch wel
om de zachte regen te ondergaan?
Bedenk wel in de ochtend
dat de avond misschien niet komt.
Bedenk wel in de avond
dat de ochtend misschien niet komt.
Dans, lieve mensen, dans,
voordat je de donkere trap afdaalt.'

Maxim hield op met zingen en spuwde bitter in het vuur. Hij was er nog lang niet aan toe om die reis te ondernemen, de lange donkere reis naar de vergetelheid. Hij moest en zou de keizer verslaan in dat spel van hem en afrekenen met al die meelopers die zijn leven zo onnodig lastig maakten. Als het alleen om hemzelf en de keizer ging, had hij de zaken kunnen beheren zoals hij wilde, maar die oude gek luisterde te vaak naar de beoefenaars van de alchemie en naar al die andere kwakzalvers. Maxim leed daaronder, hij moest naar zijn pijpen dansen en voortdurend waakzaam blijven of zijn eigen positie niet werd bedreigd en ondermijnd. Maar lang zou dat niet meer duren. Of het nu goedschiks of kwaadschiks ging, binnenkort kwam er een eind aan.

En dan was er nog Boy, die weer bij het donker wordende raam zat en keek hoe de sneeuw ongelooflijk stilletjes uit de bewolkte hemel viel en elk spoor van vuiligheid en slijk uitwiste. Hij wachtte tot het helemaal donker was en wachtte toen nog iets langer. Er werd eten gebracht en hij at het met graagte op. Grimmig bedacht hij dat hij voor het eerst van zijn leven goed te eten kreeg – en toch wilde hij niets liever dan ontsnappen.

Ontsnappen.

Er zat niets anders op. Hij moest Wilg vinden en ontsnappen. Kepler kon zichzelf wel redden, wat Boy betrof.

Die hele lange donkere avond zat Boy te wachten, nadat zijn dienblad was weggehaald. Hij wachtte en wachtte maar op elk volgend klokgelui in de stad en in het paleis tot het eindelijk middernacht zou slaan. Onder het wachten dwaalden zijn gedachten onvermijdelijk terug naar Valeriaan. Valeriaan, zijn vader. Nee, zeker was hij daar niet van, maar zo voelde het. Sterker nog, de manier waarop Kepler had geprobeerd zijn woorden terug te nemen gaf Boy het gevoel dat ze waar waren en dat er nog meer achter schuilging. En waarom was dat zo belangrijk? Wat had hij aan het idee dat hij zonder het te beseffen misschien al die jaren bij zijn vader had gewoond en door hem vernederd en gekweld was? Hij mocht dan het hele verhaal niet kennen en hij zou misschien nooit te weten komen wie zijn moeder was geweest, maar het was een begin. Dan had hij ten minste een idee van waar hij vandaan kwam, net zoals andere mensen.

Zacht sloeg het middernachtelijke uur in de sneeuwnacht. Weer ging Boy met zijn pinnetje op weg over de geheime trap, maar deze keer liep hij in de richting van de hofzaal. Hij kende inmiddels redelijk de weg in de gedeeltes van het paleis tussen zijn kamers en het hof, maar toch voelde hij zich op onbekend terrein toen hij de grote zaal naderde. 's Nachts leek het een ander, uitgestorven oord. Overdag was het hier vol leven en mensen en weelde. 's Nachts was alles heel anders. Nu de zaal leeg was, leek hij nog veel groter, en de kleuren waren doffer. Het was een verlaten, vergeten ruimte. Spookachtig.

Boy sloop over de marmeren uitgestrektheid van de vloer en voelde zich beter op zijn gemak toen zijn voetstappen vervolgens gedempt werden in dikke tapijten. Hij wilde een goede schuilplaats vinden om op Wilg te wachten en hij zag een mooi donker hoekje aan de zijkant van de enorme schouw.

Toen hij eropaf liep, dook Wilg uit de schaduw op. 'Boy!' riep ze en ze holde op hem af.

Lang omhelsden ze elkaar voor ze een woord konden zeggen.

Eindelijk lieten ze elkaar los en keken ze elkaar aan. Er waren zo veel vragen. Ze hadden elkaar zoveel te vertellen.

'Hoe is het met je?'

'Wat was er gebeurd? Je kwam niet opdagen...'

'Ja, dat was erg. Ik werd gepakt. Ik kon je niet laten weten...'

Wilg hield Boys handen vast. Ze liepen naar de verhoging en gingen naast elkaar zitten, vlak voor de troon. Twee figuurtjes die heel nietig leken in de enorme leegte van de verduisterde hofzaal.

'Wat wou je zeggen over het Fantoom?' vroeg Wilg.

'Precies wat ik zei!' antwoordde Boy. 'Hij woont in het paleis... eronder, eigenlijk. Ik zat gevangen in de kerkers en daar is een trap naar nog dieper onder de grond. Daar leeft hij en soms breekt hij los, om...' Boy zweeg. Hij wilde er niet aan denken.

'Weet niemand dat?'

'Oh jawel. Maxim weet het in ieder geval. Hij laat het gewoon gebeuren, zolang het Fantoom niet in het paleis zelf moordt...'

'Stil maar,' zei Wilg toen ze zag dat Boy over zijn toeren raakte. 'We zijn nu weer bij elkaar.'

'Maar wat moet je wel gedacht hebben toen ik niet bij de fontein kwam opdagen?'

'Ik wist het. Ik wist gewoon dat je me niet zomaar zou laten stikken. Maar ik was ontzettend ongerust.'

'Hoe wist je dat ik hier was?'

'Door een veer. Er lag een witte veer in het huis. Kepler zei dat hij van de keizerlijke garde was.'

'Hij had gelijk. Daar moet ik hem eigenlijk dankbaar voor zijn.'

Wilg haalde haar schouders op. 'Ik mag hem niet. Ik geloof wel dat hij wil helpen, maar ik mag hem niet echt.'

'Hij is zeker naar het paleis gekomen om me terug te halen?'

Wilg knikte.

'Ik snap dat niet,' zei Boy. 'Ik weet wel dat hij vindt dat ik bij hem hoor nu Valeriaan weg is, maar het is toch gek dat hij zijn leven voor mij waagt?'

'Laat toch,' zei Wilg. 'Vergeet die vent. Boy, laten we maken dat we hier wegkomen en opnieuw beginnen, zoals we van plan waren.'

'Ja,' zei Boy. 'Ja.'

'Een ding nog. Ik weet niet of er ooit een goed moment komt om het je te vertellen, dus kan ik het maar beter nu meteen zeggen.'

'Wat dan?' vroeg Boy en hij voelde zich opeens bang worden.

Wilg aarzelde.

'Wat is er?' vroeg Boy. 'Zeg het!'

'Boy, het gaat over Valeriaan. Hij is je vader niet.'

Boy zei niets, maar hij kromp ineen alsof hij een klap had gekregen.

'Nee,' zei hij. 'Dat is niet waar. Nee. Dat kun je niet weten.'

'Het is wel waar, Boy,' zei Wilg zachtjes. 'Ik heb het van Kepler gehoord.'

'Heeft hij dat gezegd?'

'Niet met zo veel woorden. We hadden het over jou. Eigenlijk maakten we ruzie om je. Ik zei tegen hem dat hij je slecht behandeld had, door ons uit elkaar te halen en door jou terug te sturen naar het Gele Huis, nog maar een paar dagen nadat je daar je vader dood had zien gaan.'

'Wat zei hij toen?'

'Hij schreeuwde dat je vader niet dood was. Hij zei dat hij dat tegen Valeriaan had gezegd om je leven te redden.'

Nu zat Boy er heel stilletjes bij, langzaam zijn hoofd schuddend.

'Hij gokte erop dat Valeriaan diep in zijn hart graag wilde geloven dat hij een zoon had en dat hij die zoon niet zou opofferen om zelf in leven te blijven. Valeriaan heeft ons verteld dat hij een pact had gesloten om een nacht door te kunnen brengen met de vrouw naar wie hij verlangde. En dat heeft hij ook gedaan, maar toen het ochtend werd wees ze hem toch nog af.' Ze zweeg even.

'Kepler zei iets wat ik eigenlijk al vermoedde. Hij hield ook van die vrouw. Ze heette Hélène. Valeriaan en hij kregen ruzie om haar. Ze waren vrienden, maar toen werden ze vijanden. Geen van tweeën heeft Hélène ooit nog teruggezien, maar Kepler besefte dat hij dat verhaal kon gebruiken om Valeriaan te laten geloven dat jij zijn zoon was, al was het maar voor even. Dat bleek net lang genoeg om te zorgen dat hij doodging, en niet jij. Maar je vader is hij niet. Echt niet.'

'Wie dan wel?' riep Boy uit. 'Wie wel?'

'Dat weet ik niet,' zei Wilg. 'Kepler wilde het niet zeggen en toen ik om een antwoord zeurde, werd hij kwaad en stuurde me naar bed.'

Ze zweeg en wilde iets troostrijks tegen Boy zeggen, die zijn hoofd in zijn handen had laten zakken, maar ze kon niets bedenken.

'Ik vind het rot voor je,' zei ze ten slotte eenvoudig. 'Zullen we nu weggaan? Later denken we er wel verder over na.'

Boy keek naar haar op. 'Nee,' zei hij.

'Wat nee?' vroeg Wilg.

'Gewoon nee. Ik ga nergens heen. Niet voor ik weet hoe het zit. Ik wil er niet later verder over denken. Ik wil nu weten hoe het zit.'

Wilg legde haar hand op Boys arm, maar hij pakte haar hand niet.

Hij ging staan en keek op haar neer. Zo had ze hem nog nooit zien doen.

'Ik ben het zat, Wilg,' zei hij. 'Ik ben het zat dat ik niet weet wie ik ben en wie mijn ouders waren en waar ik ben geboren. Ik heb niet eens een naam!'

'Wel waar. Je heet Boy. Dat is best een naam. En je hebt gezegd...'

'Het kan me niet schelen wat ik gezegd heb! Ik wil een echte, eigen naam. Ik wil weten wie ik ben! Ik ga nergens heen voor ik weet hoe het zit.'

'Toe nou, Boy, laten we alsjeblieft weggaan. We moeten eerst dit ellendige paleis uit en dan zien we wel verder. Goed?'

'Nee,' zei Boy. 'Nee, ik blijf.'

'Maar wat heb je daaraan?'

'Het boek,' zei Boy. 'Het boek is hier toch? Maxim denkt wel dat hij maar doet alsof, maar het is hier echt. Kepler heeft het toch?'

Wilg keek naar de grond. 'Ja, dat denk ik wel,' zei ze zacht.

'Dan wil ik erin kijken.'

'Nee!' zei Wilg en ze greep zijn arm stevig beet. 'Je weet toch hoe gevaarlijk dat is! Doe dat nou niet.'

'Het kan me niet schelen of het gevaarlijk is. Heb je dan helemaal niet naar me geluisterd? Ik wil nu eindelijk de waarheid over mezelf weten en het gevaar kan me niet schelen. Ik moet het weten!'

Wilg schudde haar hoofd. 'We kunnen het boek niet eens in handen krijgen. Het moet wel in die tas zitten die hij bij zich heeft. Dat ding is loodzwaar en ik heb er bijna geen spullen uit zien komen. Maar hij laat me nooit alleen. We krijgen nooit de kans erin te kijken.'

'Dan moeten we een list bedenken,' zei Boy. 'Er zit niets anders op.'

Wilg staarde Boy aan. Er was iets nieuws aan hem, iets krachtigs dat ze niet van hem kende.

'De vraag is alleen,' zei Boy, 'of je me wilt helpen.'

Wilg ging staan en hield heel lang Boys handen in de hare. Met een glimlach keek ze hem recht in de ogen. 'Natuurlijk help ik je. We zijn nu toch samen?'

Boy lachte en boog zich naar haar toe. Hij kuste haar en keek toen ernstiger, hij voelde de wilskracht in zich terugkeren.

'Luister,' zei hij. 'We hebben weinig tijd. Maxim staat op het punt zijn slag te slaan en als het zover is, doodt hij ons allemaal. Jou, mij, Kepler. Al die tovenaars en waarzeggers. Niemand zal gespaard worden als Frederick eenmaal onsterfelijk is. Morgen zijn we aan het hof. Kepler zal ook opgeroepen worden. En dan zorgen we dat we de kans krijgen het boek in te kijken. Ik ga ervoor vechten, Wilg. Ik heb lang genoeg over me laten bazen en daar ga ik nu een eind aan maken.'

Wilg glimlachte en knikte. Ze wilde alleen dat ze zich net zo zeker van de zaak voelde als Boy kennelijk deed.

11

Boy had gelijk. Maxim stond op het punt zijn slag te slaan. Toen Boy de volgende ochtend wakker werd, merkte hij dat het jonge dienstmeisje al in zijn kamer was.

'Is er iets? Wat is er aan de hand?' Boy kwam uit bed en krabde aan zijn neus.

'Vandaag is de grote dag!' verklaarde het meisje.

'Waar heb je het over?'

'Over de keizer. Maxim gaat hem vandaag onsterfelijk maken. Vanavond, aan het hof.'

Boy moest er bijna om lachen. 'Snap je het niet dan?' vroeg hij onder het aankleden. 'Begrijp je dan niets van het paleis? Wat denk je dat er gaat gebeuren als Frederick eenmaal onsterfelijk is?'

'Hè?' zei het meisje verbaasd.

'Dan is niemand meer veilig. Daar zorgt Maxim wel voor. En Fredericks krankzinnige gedrag zal geen grenzen meer kennen.'

Het meisje negeerde hem en begon de kamer op te ruimen. Boy gaf het op.

'Eén iemand is niet uitgenodigd,' zei ze, zonder dat er een lachje af kon. 'Jij.'

Boy trok een wenkbrauw op.

'Maxim zegt dat jij hier moet blijven.'

Boy glimlachte. Dat zou nog wel eens in zijn voordeel kunnen zijn. Misschien kon hij bij het boek komen wanneer alle anderen bezig werden gehouden in de hofzaal.

Hij liep naar het raam en keek met een grimas naar de sneeuwbui. Het weer hing hem de keel uit. Hij had geloofd dat de sneeuw hem zou helpen, had erop vertrouwd dat alle verschrikkingen erdoor zouden worden uitgewist, maar dat was niet gebeurd. Hij vervloekte de sneeuw en daarna zichzelf omdat hij zo stom was geweest te denken dat de sneeuw hem zou redden. Hij moest zichzelf zien te redden.

12

Het hele paleis zinderde van opwinding. Het nieuws was als een lopend vuurtje van de hoogste klokkentoren naar de diepste kerker gegaan. Iedereen had het over de onsterfelijkheid van de keizer.

In de Oude Zuidertoren heerste groot tumult. Daar waren Frederiks astrologen en andere raadgevers bij elkaar en ze waren tot in hun tenen geschokt. Wilg en Kepler luisterden naar de felle debatten aan het gezamenlijke ontbijt in de eetzaal van de toren. Er werd heftig geruzied over wat die onsterfelijkheid voor gevolg zou hebben, over wat Maxim precies ging doen en er werd stevig gediscussieerd over het boek, of het eigenlijk wel bestond, laat staan of Maxim het wel of niet in zijn bezit had.

Kepler staarde zwijgend op zijn bord. Wilg en hij waren de enige aanwezigen in het vertrek die geen woord zeiden over de komende gebeurtenissen.

'U valt te veel op,' fluisterde ze hem toe.

Kepler keek op en begreep wat ze bedoelde. 'Laten we naar onze kamers gaan,' zei hij.

'Wat zou Maxim van plan zijn?' vroeg Wilg toen ze de wenteltrap naar hun kamers op gingen.

'Ik heb geen idee. Waarschijnlijk doet hij wat hij aangekondigd heeft.'

'Maar hij heeft het boek niet,' zei Wilg. 'U hebt het, hè?'

'Stil!' Ze waren bij hun vertrekken boven in de toren en Kepler smeet de deur achter hen dicht. 'Ja, ik heb het, en als iemand dat in de gaten krijgt zijn we zo goed als dood. Het wordt al je dood als je het alleen maar in je bezit hebt! Mensen doen er een moord voor. Zwijg er dus over.' Hij rende naar de andere kant van de kamer.

'Maar waarom hebt u het meegenomen?'

'Het was een te groot risico om het achter te laten. Het is nergens veilig. Ze hebben het Gele Huis half afgebroken toen ze het zochten. Als ze mij met Valeriaan in verband hadden gebracht, wat ze ongetwijfeld vroeg of laat zullen doen, zouden ze het ook in mijn huis zijn gaan zoeken. Het is alleen veilig zolang ik er een oogje op kan houden.'

'Maar wat moeten we nu doen?' vroeg Wilg. Ze wist maar al te goed wat haar plannen met Boy waren, maar als ze gedwarsboomd werden door Keplers eigen plannen zou de toestand wel eens heel ingewikkeld kunnen worden.

'Ik weet het niet. Het pakt anders uit dan mijn bedoeling was. En als Maxim vandaag met zijn optreden komt...'

'Bedoelt u dat u ons hier heeft gebracht zonder een idee over hoe we weer weg kunnen komen?'

'Binnenkomen was al moeilijk genoeg, maar dat bedoel ik niet. En als ik het zo kan plooien dat de dingen weer lopen zoals mijn bedoeling was, hoeven we ons geen zorgen te maken over hoe we hier wegkomen.'

'Wat bedoelt u daarmee?' vroeg Wilg.

'Genoeg daarover. Je merkt het vanzelf wel. Vertel me nu waar Boy en jij het gisteren over hadden.'

'Nee!' zei Wilg. 'Ik wil eerst weten wat u bedoelt. Waarom hoeven we ons geen zorgen te maken over hoe we hier wegkomen?'

'Genoeg, zeg ik toch! Vertel me wat Boy en jij gisteren aan het hof hebben besproken.'

'Dacht u dat ik u dat zou vertellen terwijl u uw eigen plannen verzwijgt? Dat had u gedroomd!'

Kreunend beende Kepler naar het raam, waar hij uitkeek over de stad ver onder hem.

Wilg sloeg hem gade. Toen werd haar blik getrokken door de grote leren tas die onder Keplers bed lag. De bovenkant stond een stukje open en Wilg meende, al wist ze het niet helemaal zeker, dat ze een hoekje van een boek naar buiten zag steken. Geen doorsneeboek, maar een groot, zwaar ingebonden exemplaar. Hét boek. Het boek van de dode dagen waarin Valeriaan gestorven was.

En Boy wilde het boek lezen. Haar hart begon te bonken.

13

Boy had de hele dag niets gedaan en maar wat rondgelummeld in zijn luxueuze gevangenis. De schemering viel. Algauw zou de ceremonie aan het hof beginnen en hij had zich voorgenomen een goed moment af te wachten om weg te glippen en naar beneden te sluipen, naar de toren.

Naar de toren om het boek te zoeken, en dan...

Dan zou hij erachter komen wie en wat hij eigenlijk was. Als Valeriaan zijn vader niet was, wie was het dan wel? Kepler wist het natuurlijk – die had inmiddels vaak genoeg in het boek gelezen om alles van Boy te weten, als dat tenminste de kennis was waarnaar hij op zoek was. En dat moest haast wel, want Kepler leek geobsedeerd te zijn geraakt door Boy. Hij had de jongen in huis genomen zoals Valeriaan vóór hem. Het wilde er bij Boy niet in dat Kepler niet allang de hele waarheid wist.

En Valeriaan? Boy dacht diep na over zijn vroegere meester, die hem zo veel pijn en ellende had bezorgd, maar bij de gedachte aan Valeriaan kon hij nu niets anders meer voelen in zijn hart dan verdriet. Boy rouwde om zijn dood en omdat het hun niet was gelukt beter met elkaar om te gaan, maar dat trieste gevoel werd overheerst door een verdriet dat veel zwaarder woog.

De wetenschap dat Valeriaan uiteindelijk toch niet zijn vader was.

Maxim mocht dan niet gewild hebben dat Boy bij de ceremonie aanwezig was, maar Frederick dacht er heel anders over en gaf ook nu opdracht zijn nieuwe speeltje naar het hof te laten brengen.

Boy had de pest in over zo veel domme pech.

Een soldaat bracht hem door het paleis naar de hofzaal, waar Maxim buiten de deur op hem stond te wachten. Hij stuurde de wacht weg en keek hem na.

'Jij zegt geen woord tenzij ik je iets vraag,' zei Maxim dreigend.

Boy deed heel timide. Het kon geen kwaad Maxim te laten denken dat hij te bang was om iets uit te halen.

'Die ouwe gek wil jou erbij hebben. Je bent zijn nieuwste oogappel en daar kan ik niets tegen doen. Nog niet. Denk erom dat je je gedraagt.'

Boy knikte.

Maxim deed de deur open en ze gingen naar binnen.

Ook nu overtrof het paleis zichzelf in pracht en praal. De zaal was versierd met vlaggen en banieren, overal hingen wimpels van rode en gouden zijde, bezaaid met juwelen die fonkelden in het licht van vier enorme kroonluchters aan het beschilderde plafond. De zaal was afgeladen, nog veel drukker bevolkt dan anders. Boy keek rond naar Wilg, maar hij zag haar en Kepler nergens.

Er waren alleen nog staanplaatsen en ook dan werd het dringen. Boy keek zijn ogen uit naar de rijkelijk uitgedoste aanwezigen. Zelfs de laagste leden van de hofhouding gingen gekleed in de fijnste kleren, die misschien alleen bij zeer belangrijke gelegenheden tevoorschijn werden gehaald. En er was natuurlijk geen grotere plechtigheid denkbaar dan deze: keizer Frederick die de onsterfelijkheid ging verkrijgen.

Trompetgeschal klonk door de zaal en de keizer werd binnengedragen op een grote stoel die tussen twee palen hing, versierd met nog meer slingers van rood en goud, ondersteund door vier mannen. De mensen verdrongen zich om hem door te kunnen laten en het duurde wel even voor de kleine stoet zich door de bomvolle hofzaal een weg had gebaand naar de verhoging.

Toen hij er eindelijk was, besteeg Frederick moeizaam als altijd de hoge troon en draaide zich om naar de menigte. Hij glimlachte, en Boy had bijna met hem te doen, maar zag toen tot zijn schrik dat de keizer hem recht aankeek.

'Jongen! Daar ben je. Kom hier! Ik wil je bij me hebben.'

Boy aarzelde en keek naar Maxim, die langzaam knikte.

'Ja, ik wil je bij me hebben,' zei Frederick met lijzige stem. 'Je bent een goede, trouwe onderdaan van mijn keizerrijk. Als meer van die idioten hier met jouw snelle verstand hadden gehandeld, had het misschien niet zo lang geduurd om tot deze dag te komen...'

Maxim en Boy stonden aan de voet van de verhoging. Frederick keek nogmaals om zich heen en kuchte.

'Mijn volk,' zei hij, 'het is vandaag een grote dag. Dankzij mijn ijver en inspanningen zal ik vandaag iets wonderbaarlijks bereiken. Ik ben een oude man, ik heb geen troonopvolger. Maar dat vormt niet langer een probleem. Ik heb een uitmuntende oplossing bedacht. Alles zal goed komen. Jullie zullen je geliefde keizer niet aan de dood verliezen, want ik zal niet sterven. Over enkele ogenblikken laat ik Maxim doen wat hij doen moet... om mij onsterfelijk te maken!'

In de hofzaal werd naar adem gesnakt en druk gemompeld. Iedereen had altijd geweten van dit streven van de oude keizer, maar het bleef schokkend om het hem te horen zeggen.

Frederick keek met gefronste wenkbrauwen naar Maxim.

'Waarom juichen ze niet?' vroeg hij.

'Ze zijn zo gelukkig dat ze er stil van worden, sire,' zei Maxim en hij knikte naar een wacht. Boy zag de soldaat zijn zwaard een stukje uit de schede trekken en dreigend naar de mensen in zijn buurt kijken. Ze begonnen onmiddellijk hard te klappen en toen anderen begonnen te juichen leunde de keizer achterover in zijn troon, kennelijk tevredengesteld.

Maxim beet op zijn lip en streek over zijn kale schedel. Hij liet het gejuich ruim twee minuten duren. Het leek hem geen kwaad kunnen als de keizer in een zo goed mogelijke stemming kwam. Eindelijk stak hij zijn hand op.

'Trouwe dienaren van de keizerlijke troon, hooggeboren dames en heren, hertogen, hertoginnen, graven en gravinnen. Het is zover! Dit is de eerste dag van een nieuw hoofdstuk in de geschiedenis van het keizerrijk, en u mag daar getuige van zijn.

Ik heb kennis verzameld die lang geheim is gebleven maar die nu naar buiten kan treden, omdat ik er de hand op heb gelegd – kennis die onze keizer zal bevrijden van de beperkingen van de sterfelijkheid. Eerst tref ik bepaalde, nauwkeurige voorbereidingen en dan zal ik het ritueel uitvoeren dat het eeuwige leven schenkt aan keizer Frederick de Geweldige!'

Hij zweeg, en na een korte pauze steeg gedempt gejuich op onder de toeschouwers.

'U begrijpt wel,' vervolgde Maxim, 'dat dit ritueel niet alleen zeer moeilijk, maar ook vol magische krachten is. Het mag niet met het blote oog aanschouwd worden. We gaan beginnen.'

Hij knikte nogmaals naar twee soldaten die vlak bij de troon stonden.

'Het scherm!' riep hij.

Een groot scherm, gemaakt van een houten lijst waarover rode zijde was gespannen, werd om de voorkant en zijkanten van de verhoging gezet, waardoor Frederick aan het gezicht werd onttrokken.

Op het moment dat hij verdween had de keizer een dwaze lach op zijn gezicht. Hij stak een hand op naar zijn onderdanen en was weg. Boy stond bij de verhoging en staarde naar Maxim, die in zijn handen klapte. Van achter uit de zaal droeg een lakei een dienblad aan waarop allerlei voorwerpen lagen – en dat waren in Boys ogen wel magische spullen, maar niets dat onsterfelijkheid kon brengen. Hij zag een toverstokje, een beker, een drankje en wat kruiden toen het blad de treden van de verhoging op werd gedragen en achter het scherm verdween. Hij sloeg Maxims handelingen gade en moest opeens aan iets denken. Hij had het gevoel dat hij dit alles eerder had gezien. Hij had eens over dat gevoel gepraat met Valeriaan, die hem vertelde dat er een Franse naam voor was: *déjà vu*. Al eerder gezien, had Valeriaan vertaald. Dat was precies wat Boy voelde terwijl hij naar Maxim keek, maar voor deze déjà vu was een logische verklaring. Boy had dit talloze malen meegemaakt wanneer Valeriaan op het toneel stond. Een bloemrijke toespraak, een paar bijzondere voorwerpen, een scherm. Het ging allemaal net zoals het bij Valeriaan op het toneel was geweest wanneer hij een van zijn illusies vertoonde en een groot publiek in het onmogelijke liet geloven.

Wat was Maxim van plan?

Weer liep hij naar voren op de verhoging, precies zoals Valeriaan naar voren was gelopen op het toneel om de volle aandacht van de toeschouwers op te eisen voor hij aan de voorstelling begon.

'Aanschouw dit!' riep hij. 'Over enkele ogenblikken zal uw keizer onsterfelijk zijn!'

En hij sprong achter het scherm.

Gemompel golfde door de zaal, zodat Boy niets kon horen van wat er achter het scherm gebeurde, maar vanaf de plek waar hij stond zag hij daarachter wel vage vormen bewegen. Misschien was het Maxims bedoeling, misschien ook niet, maar het licht van de lampen aan de wand achter de verhoging wierp de schaduwen van Maxim en Frederick op de zijden doek.

Boy keek naar het schaduwspel en besefte dat het ook anderen was opgevallen. Wat er precies gebeurde bleef een raadsel, maar Boy zag Maxim de beker oppakken. Hij gaf hem aan Frederick, die de beker aan zijn lippen zette.

Boys hart sloeg over. Dat was het! Maxim ging Frederick domweg vergiftigen. Hier, waar iedereen bij was, ging hij de keizer vergiftigen en achteraf zou hij beweren dat de vorst bezweken was aan het zware proces van onsterfelijk worden.

Boy wilde ingrijpen, maar een soldaat zag hem komen en versperde hem de weg. Boy zag Frederick drinken. Hij wachtte op een kreet van pijn, of op het moment dat Frederick ineen zou zakken op de vloer, maar er gebeurde niets. De keizer gaf de beker weer terug aan Maxim, die hem neerzette.

De schaduwen bleven bewegen, maar nu kon Boy niets meer van Frederick zien. Maxim liep om de troon heen en weer, zwaaide met zijn handen, pakte andere dingen van het blad, zette ze weer neer. Ten slotte stond ook hij stil. Er gebeurde niets meer, helemaal niets, en het gemompel in de hofzaal werd steeds luider.

De soldaat die Boy had vastgegrepen was nu zelf zo in de ban van het tafereel dat hij de jongen losliet en dichter bij het scherm ging staan. Hij deed nog een stap. Hij wilde net zijn hoofd om het scherm steken, toen het hele geval voorover sloeg en van de treden viel.

Daar stond Maxim met geheven armen. 'Aanschouw dit!' riep hij weer. 'Keizer Frederick is onsterfelijk!'

Er viel een verbijsterde stilte voordat het gejuich en applaus weer opstegen. De keizer zat nog net zo op zijn troon als voor het evenement. Hij leefde, dat zag Boy wel, maar er was iets heel vreemds aan hem. Hij had nog steeds een dwaze lach op zijn gezicht, maar zijn ogen dwaalden vaag in het rond, met nietsziende blik van de vloer naar het plafond.

Boy keek naar de beker, die omgevallen was. Er zat geen druppel meer in. Wat had Maxim de keizer laten drinken?

De mensen dromden naar voren en staarden naar de keizer, die zich niet verroerde. De sterrenwichelaars en goudmakers tuurden gespannen naar hem. Een van hen kwam dichterbij dan de anderen en Maxim versperde hem de weg.

'Wat heeft hij?' vroeg iemand.

'Niets!' zei Maxim. 'Helemaal niets. Het is een slopend proces. Het zal even duren eer de verschijnselen zijn uitgewerkt en dan... ja! Kijk! Zijne hoogheid is zichzelf weer! Maar nee, hij is méér dan zichzelf. Hij is nu onsterfelijk!'

Het was zo. De keizer begon weer gewoon te doen – dat was waar.

Hij ging staan. Een heel gewone beweging, maar de menigte snakte naar adem en deinsde achteruit.

'Is het goed gegaan?' vroeg hij aan Maxim. 'Ben ik nu onsterfelijk?'

Zijn stem klonk nog niet gewoon. Er was iets raars mee, iets wat Boy niet kon plaatsen, alsof hij in zijn slaap praatte.

'Jazeker!' zei Maxim vol zelfvertrouwen. 'U bent onsterfelijk geworden. En nu dat zo is, mag ik aannemen dat uwe hoogheid het niet meer nodig vindt dat bepaalde mensen hier nog langer aan het hof blijven.'

Boy keek om zich heen. Hij zag soldaten langs de muren van de hofzaal lopen, op weg naar waar hij en de astrologen stonden. Eindelijk zag hij ook Wilg en Kepler, die bij de andere waarzeggers stonden.

Frederick knikte. 'Ik ben onsterfelijk,' zei hij, meer tegen zichzelf dan tegen anderen. Ook zijn stem klonk weer normaler.

'Onsterfelijk,' herhaalde Maxim. 'Dat legertje nutteloze kwakzalvers kan nu wel ophoepelen.'

Opeens begreep Boy het. Hij doorzag het hele spel en begreep wat Maxim had bedoeld toen hij zei dat hij, Boy, de oplossing had aangedragen. Voor sommigen zou dat een heel erg afdoende oplossing blijken te zijn.

'Nee!' schreeuwde hij en hij sprong naar voren. 'Nee! Het is een truc!'

Een soldaat greep hem vast en werkte hem tegen de grond.

Hij worstelde zich los en rende naar de verhoging, waar hij de treden op sprong.

'Het is een truc! Een truc!'

Maxim en twee andere soldaten wilden hem grijpen, maar Frederick ging tussen hen en Boy in staan.

'Halt!' snerpte hij. De soldaten aarzelden, maar Maxim niet. Hij greep Boy vast en stak zijn hand uit naar een van de soldaten. 'Snel! Geef me je zwaard!'

'Laat dat!' gilde Frederick tegen de soldaat, die bleef staan waar hij stond. 'En jij, Maxim, doet niets tot we gehoord hebben wat de jongen te zeggen heeft. Hij heeft ons eerder zijn trouw getoond en wij zullen hem aanhoren. Als het een leugen is, zal hij sterven, maar dat bepaal ik! Ik ben de onsterfelijke keizer en naar mij zal geluisterd worden!'

Maxim bleef staan. 'U kunt de woorden van die jongen niet belangrijker vinden dan de mijne! Ik heb u de grootste...'

'Stil!' krijste Frederick zo fel dat Maxim ervan schrok. 'Zo, jongen, wat heb je te zeggen? En let goed op je woorden.'

Boy stond van de grond op en schuifelde zijdelings bij Maxim weg. Hij keek de hofzaal rond, zag Wilgs angstige gezicht en voelde zich sterker worden.

Hij wees naar Maxim. 'Het is een truc! Hij heeft u niet onsterfelijk gemaakt. Hij heeft niets anders gedaan dan u tien minuten verdoven! Hij bluft.'

'Wat bedoel je?'

Maxim deed een stap in Boys richting, zijn gezicht één en al dreiging.

Boy ging een stap naar achteren, maar hij was niet te stuiten. 'Ik heb hem op het idee gebracht.'

'Welk idee?'

'Van die onsterfelijkheid. Ik zei tegen hem dat iemand niet kan weten of hij onsterfelijk is, tot hij doodgaat.'

Er heerste diepe stilte.

'Ik... wat?' vroeg Frederick. 'Ik...'

'Het is toch logisch,' zei Boy. 'Zolang iemand blijft leven weet je niet of hij wel of niet onsterfelijk is. Zou u de proef op de som durven nemen? Hij bedriegt u, want er is geen andere manier om het zeker te weten.'

Nu begrepen de toeschouwers het en de keizer ook.

Hij wendde zich tot Maxim. 'Is dat waar?'

Maxim moest zich uit alle macht bedwingen. Boy wist dat hij zich zou verraden als hij nu zijn zelfbeheersing verloor.

'Natuurlijk niet! Die snotaap liegt! Laat hem onmiddellijk afvoeren en doden.'

Hij wenkte naar de wacht, maar weer hield Frederick hem tegen.

'Wie het waagt orders van iemand anders dan mijzelf aan te nemen, krijgt de doodstraf. Jullie gehoorzamen uitsluitend mij, niet Maxim! Wel, Maxim, waarom zeg je dat de jongen liegt?'

'Omdat hij een leugenachtig rotjoch is, daarom. U kunt niet...'

'Hij heeft het boek niet eens!' riep Boy. 'Vraag hem of hij u het boek laat zien!'

Maxims gezicht was verwrongen van woede, maar nog speelde hij het klaar kalm te spreken.

'Het is nergens voor nodig dat ik het boek haal. Het is te machtig en gevaarlijk om…'

Frederick onderbrak hem. 'Breng me het boek, Maxim.'

Maxim zweeg, hij stond als bevroren.

'Breng dat boek onmiddellijk hier, Maxim, of je zult sterven.'

Het werd Maxim te veel. Hij zat in de val. Er was geen ontkomen aan.

'Nee!' schreeuwde hij. 'Ik heb dat vervloekte boek niet! En natuurlijk bent u niet onsterfelijk! Hoe zou dat kunnen? Onsterfelijkheid bestaat niet!'

Frederick deinsde terug alsof hij geslagen was. 'Verrader!' krijste hij.

'Stomme idioot! Dacht je nou echt dat ik je onsterfelijk kon maken?' Maxim lachte bitter en zwaaide wild met zijn arm naar de menigte. 'Kijk dan naar ze! Allemaal wachten ze er al jaren op dat je eindelijk eens doodgaat! En waarom? Om de strijd om je opvolging! En juist daarom wilde jij onsterfelijk worden. Maar dan ben je nog een grotere gek dan ik dacht! En een leugenaar ben je ook. Je hebt wél een opvolger, nietwaar, Frederick? Waarom vertel je de mensen de waarheid niet?'

'Soldaten! Dood hem!' gilde Frederick snel. 'Dood hem!'

Maxim grijnsde en trok zich aan de zijkant van de troon terug. Vervolgens schoot hij achter de enorme zetel. Hij haalde iets onzichtbaars over in de muur en een geheime deur ging open. En weg was hij. De deur viel achter hem dicht.

Een soldaat rende naar de muur en probeerde de hendel te vinden die Maxim gebruikt had.

'Hij zit aan de binnenkant op slot,' zei hij.

Frederick raakte buiten zinnen. Bijna springend beklom hij zijn troon en trillend van razernij ging hij erbovenop staan. 'Zoek hem! Doorzoek het paleis. Sluit alle uitgangen af! Breng hem bij me!'

De toren

Het oord van de onthullingen

1

De hele hofzaal was in rep en roer.

Soldaten renden van hot naar her terwijl Frederick op zijn troon bevelen stond te schreeuwen.

Wilg zag haar kans schoon en holde naar Boy. Kepler ging haastig achter haar aan en wrong zich door de menigte, maar Wilg was sneller en lichtvoetiger.

'Vlug!' zei ze tegen Boy. 'Dit is onze kans.'

'Kepler zit ons op de hielen!'

'Hij kan ons niet allebei tegelijk volgen. We splitsen ons op. Ik zie je straks in de Zuidertoren. Weet je de weg?'

Boy knikte. 'Gauw!' riep hij en hij duwde Wilg van zich af. Ze rende naar de dichtstbijzijnde deur op het moment dat Kepler Boy bereikte.

'Hebbes!' zei hij. 'Jij gaat met mij mee. Ik heb je nodig.'

Boy rukte zich los. In de chaos om hen heen lette geen mens op hen.

'Nee!' schreeuwde Boy. 'Ik wil niet!'

'Maar je bent hier niet veilig!' schreeuwde Kepler terug.

Boy moest lachen. 'Vertel mij wat! Niemand is hier veilig.'

'Je begrijpt het niet,' zei Kepler. 'Je bent van mij. Jij bent het enige wat ik nodig heb.'

'Ga weg!' schreeuwde Boy.

Hij draaide zich om en vocht zich een weg door de massa. Kepler wilde achter hem aan, maar hij kon niet zo behendig tussen de mensen door glippen als Boy, die er met zijn tengere lijf een ster in was zich door kleine openingen te kronkelen. Boy was al halverwege de zaal, op weg naar een andere deur, toen het lawaai plotseling oorverdovend werd.

Bij de deur werd gegild en een enorme drom mensen golfde van de hoofdingang terug de zaal in. Toen de menigte een slordige kring begon te vormen, zag Boy dames die in de paniek onder de voet werden gelopen en mannen die krijsend op de vlucht sloegen.

Daar kwam Maxim, op weg naar Frederick. De keizer danste nog steeds als een bezetene boven op zijn troon. Maar Maxim was niet alleen – hij had iets onvoorstelbaars bij zich. In zijn hand hield hij een ijzeren ketting en aan het uiteinde daarvan zat een worstelend, grommend, spugend schepsel.

Het Fantoom.

Het moest wel het schepsel zijn dat Boy in de tunnel tegen het lijf was gelopen, toen het in de half weggedooide sneeuw gebogen had gezeten over zijn slachtoffer.

Angstkreten stegen op naar de hemels geverfde plafonds en sommige hovelingen vielen flauw toen het Fantoom tegen zijn wil door de glimmende, schitterende hofzaal werd gesleurd. Het wezen krabbelde over de vloer, vocht om overeind te blijven op sterke voeten vol eelt. Het hobbelde voort op handen en voeten en bewoog als een aap, al kon Boy zien dat het toch een mens was, op een onthutsende, mismaakte manier. Hij rukte aan zijn ketting, wilde weg uit die lichte wereld waarin hij binnen was gesleept, maar Maxim was sterk en hij liep onvervaard regelrecht naar Frederick.

Iedereen in de zaal was verlamd van schrik. Boy keek naar de keizer. Op zijn gezicht stond afgrijzen te lezen, woede, angst, walging en afkeer, maar vreemd genoeg geen verbazing.

'Zo!' schreeuwde Maxim.

Hij kwam bij de voet van de verhoging, draaide zich om en rukte zo hard aan de ketting van het Fantoom dat het wezen zijn evenwicht verloor en tegen de grond sloeg, waar het tevergeefs probeerde overeind te krabbelen.

'Zo! Goede mensen!'

Het werd stil in de zaal en iedereen staarde met open mond naar het wezen dat aan Maxims voeten lag te kronkelen.

'Zo! Ziedaar uw keizer, Frederick de Geweldige! Frederick, die onsterfelijk gemaakt wenste te worden omdat hij geen erfgenaam zou hebben, geen troonopvolger. Maar hij liegt!' Hij zweeg even voor het effect.

'Hij liegt! Want nu komt het ware verhaal. Vijftien jaar geleden nam hij een gezellin, Sofia Beebe! En het boek voorspelde dat er een erfgenaam zou komen. Sommigen hier weten dat nog. U herinnert zich misschien dat de familie Beebe in ongenade viel en misschien gelooft u dat de nazaat dood is gegaan! Maar u bent voorgelogen! Je wilde toch zo graag een zoon, Frederick? Nou, hier heb je je zoon! Dit moordzuchtige wezen, dat vijftien jaar lang verborgen is gebleven. Je zoon, Frederick! Jouw zoon, dit monster!'

Frederick stond verstijfd van ontzetting op zijn troon. Hij keek van het Fantoom naar zijn onderdanen, die kreten slaakten van angst en schaamte om wat zich voor hun ogen afspeelde.

Het Fantoom was overeind gekomen en zat nu in elkaar gedoken aan zijn korte ketting te rukken en om zich heen te spugen. Boy kon zijn ogen niet van het verschijnsel afhouden. Er was iets afstotelijks en tegelijkertijd fascinerends aan hem. Eigenlijk was het nog een kind, maar te misvormd en te sterk voor zijn leeftijd.

'Nee,' zei Frederick zacht, zwakjes. 'Nee, het...'

'Lieg niet!' schreeuwde Maxim. 'Je weet het net zo goed als ik, net zo goed als Bedrich! Dat was de enige andere getuige in die tijd! Je moest toch zo nodig een troonopvolger? Nou, hier is de wettelijke erfgenaam van de troon.'

'Soldaten!' krijste Frederick. 'Arresteer hem! Onmiddellijk! En breng dat... dat ding... weg!'

Maxim gromde toen drie soldaten hem insloten. In een flits stond hij bij de griezel en maakte de ketting om zijn nek los. Maxim begon achteruit te lopen en een soldaat sprong boven op hem.

Sneller dan Boy voor mogelijk hield dook het Fantoom, dat

meende zelf aangevallen te worden, boven op de soldaat en scheurde hem in één tel open. Bloed gutste over de glimmend gewreven vloer en de mensen gilden. De chaos, die bedwongen was toen Maxim zijn toespraak hield, barstte onmiddellijk weer los. Er werd geduwd en geschreeuwd en een andere soldaat wilde met zijn zwaard uithalen naar het Fantoom, dat recht over het lemmet sprong en bijna terloops zijn aanvaller doodde toen het weer op zijn voeten stond.

Maxim sloeg op de vlucht. Het Fantoom, dol van woede en angst, haalde uit naar iedereen die zich in zijn buurt waagde.

Boy rende met anderen mee naar de uitgang, maar hij struikelde en viel languit tussen een groepje mensen. Kepler was nergens te bekennen. Overal heerste dolle paniek. De opwinding achter hen werd nog erger toen het beest buiten zinnen raakte en iedereen binnen zijn bereik aanviel. Boy kwam overeind en zag dat hij bloedde. Hij was op het zwaard van een van de soldaten gevallen, dat zo scherp was dat hij het eerst niet eens gevoeld had. Hij bloedde uit een fikse snee in zijn onderarm. Hij drukte zijn andere hand tegen de wond en rende voor zijn leven. Hij moest naar de Zuidertoren om Wilg te zoeken.

Het lukte hem om de zaal uit te komen en hij probeerde te bedenken welke kant hij op moest.

In de zaal was het geschreeuw oorverdovend. Krijsend en tierend sprong Frederick op en neer op zijn troon, maar zijn stem ging verloren in het lawaai. Nu hij oog in oog had gestaan met het afzichtelijke gedrocht dat hij vijftien jaar lang had geprobeerd te verbergen kon hij alleen nog onzin uitkramen.

Het om zich heen maaiende Fantoom zag een gat in de drukte en ging met grote sprongen op de deur af. Geen mens durfde in zijn buurt te komen om hem tegen de houden. Meer dan tien soldaten die een poging hadden gewaagd lagen zwaar gewond op de vloer.

Buiten de hofzaal zag het Fantoom iets wat hem zinde. Bloed. Een bloedspoor over de marmeren vloer van de hal.

Hij volgde het spoor.

2

Zo snel als hij kon ging Boy ervandoor en hij liet het geschreeuw ver achter zich. Als een bezetene holde hij door bekende en onbekende delen van het paleis en hij probeerde zich koortsachtig te herinneren hoe Wilg de kortste route naar de Oude Zuidertoren had beschreven.

Hij kwam niemand tegen. Kennelijk was iedereen in het paleis aanwezig geweest bij de plechtigheid voor Fredericks onsterfelijkheid. Iedereen had ook met eigen ogen gezien hoe die was ontaard in een schijnvertoning, gevolgd door de ramp met het verschrikkelijke Fantoom – iedereen behalve Wilg. Boy rende nog sneller, maar hij moest ook goed nadenken over wat ze gezegd had, want hij mocht nu niet verdwalen.

Hij kwam bij een knooppunt van gangen en herinnerde zich Wilgs aanwijzingen niet meer. Even twijfelde hij, toen gokte hij links. In zijn zwerversjaren in de stad had hij een richtingsgevoel ontwikkeld, waarop hij nu maar besloot te vertrouwen.

Hij had goed gegokt. Hollend door een lange gang met hoge ramen kon hij links van hem in de vallende sneeuw de Zuidertoren zien. De gang maakte een bocht en hij kwam bij de voet van de toren, in een kleine hal met een wenteltrap.

Hij nam de deur naar buiten goed in zich op en sprong met twee treden tegelijk tegen de trap op. Hij merkte niet dat hij een spoor van bloeddruppels achterliet.

De kamers van Wilg en Kepler waren helemaal boven in de toren. Boy vloekte. De trappen waren steil en donker en zijn benen wilden niet meer snel gaan. Maar het zou in ieder geval makkelijk zijn om Wilg te vinden – zolang hij maar boven aan die trap wist te komen.

Plotseling kon hij niet verder. Hij wilde zijn voet op de volgende tree zetten, en die was er niet. Hij struikelde voorover en keek om zich heen. 'Wilg?' riep hij, zo zacht mogelijk.

Er kwam geen antwoord. Hij kon recht voor zich en aan de zijkant deuren onderscheiden, drie in totaal.

Hij keek om zich heen. Iedereen was nog in de hofzaal of gillend op de vlucht voor het Fantoom. Hij kon het risico wel nemen om haar naam te schreeuwen.

'Wilg! Ben je hier?'

Weer geen antwoord. Er zat niets anders op.

Boy ging naar de dichtstbijzijnde deur en deed hem open.

Hij zag Wilg meteen. Ze zat in kleermakerszit op de grond, met haar gezicht naar hem toe. Toen hij binnenkwam, keek ze op. Door de vreemde uitdrukking op haar gezicht bleef hij staan. Ze keek niet verbaasd of blij of opgelucht – het was iets anders, iets wat veel van angst had.

Op de grond voor haar lag het boek, opengeslagen.

Zwijgend wees Boy ernaar. 'Heb je…?' begon hij, maar toen zweeg hij weer. Hij wist niet wat hij wilde vragen.

'Boy…' zei Wilg langzaam. Toen zag ze zijn arm. 'Je bent gewond!'

'Het stelt weinig voor,' zei Boy. 'Het geeft niet…'

'Laat zien,' zei Wilg en ze kwam overeind.

Boy schudde zijn hoofd. Dit was tijdverspilling. 'Nee!' riep hij. 'Het boek. Je hebt in het boek gelezen!'

Wilg ging staan als een schuldig kind. Ze keek naar het boek aan haar voeten.

'Je hebt zitten lezen, Wilg! Vertel me wat je weet. Wat staat erin?'

'Boy… ik…'

'Wat ben je te weten gekomen? Zeg op! Anders lees ik het zelf.'

'Nee!' riep Wilg uit.

Boy beende naar de plek waar het boek lag. Wilg greep zijn arm om hem tegen te houden en Boy schreeuwde het uit van pijn. Hij duwde haar weg met zijn goede arm en ging op de grond bij het boek zitten.

'Nee!' riep Wilg weer en ze probeerde het boek bij hem weg te schuiven.

'Laat me!' gilde Boy tegen haar. Hij duwde haar handen weg.

'Nee, Boy! Niet lezen! Niet lezen! Toe nou!'

Boy werd getroffen door de wanhopige klank in haar stem. Hij aarzelde. 'Waarom niet?' vroeg hij. 'Waarom niet? Ik moet weten wat erin staat.'

Wilg schudde haar hoofd. 'Misschien kun je het maar beter niet weten. Misschien wil je het liever niet horen. Misschien...'

'Zeg het nou gewoon, Wilg.'

'Goed dan. Maar eerst wil ik iets anders zeggen.'

Boy wachtte tot ze verder zou praten.

'Ik wil dat je weet dat ik van je hou.'

Boy toonde geen enkele emotie, helemaal niets. 'Zeg wat er staat,' zei hij zacht.

'Valeriaan was je vader niet,' zei Wilg. 'Dat is waar.'

'Wie dan?' vroeg Boy.

'Ik weet niet...'

'Ga niet beweren dat je het niet weet.'

'Nee, dat bedoel ik niet. Ik wou zeggen dat ik niet weet of je het wel weten wilt. Boy... je vader is... je vader is de keizer. Keizer Frederick.'

Boy was sprakeloos, met stomheid geslagen. Er kwam een vreemde gloed in zijn ogen. Hij glimlachte en barstte toen in lachen uit, maar het was meteen weer over. 'Klets niet,' zei hij. 'Wat een onzin...'

'Ik heb het zelf gelezen, Boy. Alles. Vijftien jaar geleden kreeg de keizer een zoon bij een vrouw uit de familie Beebe. Sofia.'

'Ja, dat weet ik. Er was iets mis met het kind. Wilg, je bent er niet bij geweest! Het is het Fantoom, Wilg. Dat kind is een soort monster geworden. Maxim liet hem vrij in de hofzaal. Het monster sloeg op tilt, viel mensen aan...'

Daar keek Wilg niet van op. 'Dat weet ik. Dat stond ook in het boek. Over een vreemde baby. Frederick liet hem bij Sofia weghalen en naar de kerkers brengen. Hij dacht dat het kind daar dood zou gaan. Maar dat gebeurde niet, en zelfs Frederick kon er niet toe komen zijn eigen vlees en bloed te laten vermoorden. En hij geloofde ook dat hij de zoon die door het boek voorspeld was niet doden kón. Dat de voorzienigheid hem zou straffen als hij de loop van het noodlot probeerde te veranderen door het kind te vermoorden. Maar over die zoon heb ik het niet, Boy.

Er werd namelijk een tweeling geboren. Het ene kind had afwijkingen, het andere was normaal. Sofia gruwde van wat Frederick met haar baby had gedaan en ze was woedend. Uit wraak ging ze er op een nacht vandoor met het gezonde kind.

Toen begon Frederick de familie Beebe te achtervolgen en te kwellen. Van het ene moment op het andere waren ze uit de gunst. Hij nam hun landerijen en geld in beslag en pakte ze de titels af die hij hun nog maar kort daarvoor had verleend. Hij bewoog hemel en aarde om Sofia te vinden.

Sofia wist ook wel dat er jacht op haar werd gemaakt en ze probeerde haar sporen uit te wissen. Ze deed alsof het kind dood was gegaan. Ik weet niet wat er precies is gebeurd. Ik zag in het boek... ik zag de molenbeek in Linden, en mensen die het lijk van een vrouw uit het water haalden. Ik weet alleen zeker dat die baby niet gestorven is. Iemand moet dat kindje gered hebben en de jongen groeide op. Hij leefde jarenlang op straat, helemaal alleen.

Dat was jij, Boy. Jij. Jij bent Fredericks andere zoon.'

Ze zweeg.

Boy keek dwars door haar heen alsof ze een geest was, maar hij voelde zich meer alsof hij zelf een geest was.

'Dat kan niet waar zijn...' zei hij.

'Het is echt waar. Het is misschien niet wat je wilt horen, maar het is en blijft de waarheid.'

Ze stak haar hand naar hem uit. Hij duwde de hand niet weg, maar greep hem ook niet.

'Wat hoopte je te vinden, Boy? Waar zou je gelukkig mee zijn geweest?'

Boy schudde zijn hoofd. 'Ik... ik denk niet...' Zijn stem ebde weg terwijl hij naar woorden zocht. 'Ik weet niet of ik hoopte dat ik er gelukkig van zou worden. Ik wilde het alleen maar weten.'

'En nu je het weet...'

'Nu kan ik het niet geloven. Frederick... mijn vader!'

'Het is grappig. Hij is klein, net als jij...'

'Grappig!' raasde Boy. 'Grappig? Dat vindt...'

'Sorry,' onderbrak Wilg hem snel. 'Ik bedoel alleen...'

'Laat maar,' zei Boy. 'Het betekent wel... het bekent dat het Fantoom... mijn bróér is.'

Wilg knikte. 'En weet je wat het nog meer betekent, Boy?'

Boy keek naar haar op. 'Wat?'

'Dat jij... als Frederick doodgaat... keizer wordt.'

Boy liep naar de openslaande deur van een klein balkon. Hij legde zijn hand op de klink en duwde de smalle glazen deur open.

'Boy...' zei Wilg.

Hij ging op het balkonnetje staan en keek naar de vallende sneeuw. Zo stond hij daar te staren naar de duizenden sneeuwvlokken die pijlsnel het einde van hun reis tegemoet vielen, alsof ook zij een donkere trap afdaalden.

Hij wou dat hij een sneeuwvlok was. Heel even maar. Toen wendde hij zich weer naar Wilg.

'Wilg,' zei hij.

'Ja?'

'Ik wil jou ook het een en ander zeggen. Ik hou ook van jou. Maar moet je horen. Ik weet nu wie mijn ouders zijn. Ik heb mijn antwoord gekregen. Ik ben er niet blij mee. Sofia Beebe, die vijftien jaar geleden doodgegaan is. De keizer.'

'Je vader!' riep Wilg uit.

'Ja,' zei Boy. 'Maar... nee. Nee. Het was stom van me. Ik moest en zou erachter komen, moest en zou de waarheid weten, en nu ik het weet zegt het me allemaal niets. Het verandert niets aan wie ik ben.'

Wilg glimlachte. Ze knikte.

'Ik word er niet anders van,' ging Boy door. 'Het was stom om te denken dat het verschil zou uitmaken. Ik ben gewoon wie ik ben, Wilg. Ik ben Boy, de straatjongen, die later bij Valeriaan woonde en die nu verliefd is op jou. Dat ben ik.'

Wilg holde op hem af en ze omhelsden elkaar.

'En nu ik het weet,' zei Boy, 'wil ik helemaal niets met hem te maken hebben. Ik wil over niemand keizer zijn. Alleen jij en ik weten het...'

'Nee, Kepler ook.'

Boy vloekte. 'Natuurlijk!'

'Kepler wist het al langer. Daarom maakte hij werk van je.'

'Hè? Kwam je me daarom hier weghalen?'

'Nee, hij wilde je juist hierheen brengen.'

'Dat begrijp ik niet.'

'Kepler weet wie je bent. Hij weet het al zolang hij het boek heeft. Al vanaf dat hij je horoscoop trok. En hij zag meteen hoe hij je kon gebruiken. Hij wilde je hierheen brengen en je aan de keizer voorstellen – jou, de lang verloren zoon. Hij was niet de bescheiden geleerde voor wie Valeriaan hem aanzag. Hij had jarenlang in vergetelheid geleefd nadat hij bij de academie weg was gegaan en hij hunkerde naar macht en roem. Hij dacht dat hij overladen zou worden met geld en macht als hij jou en het boek hierheen bracht. Hij was van plan Maxims plaats in te nemen.'

'Dat is haast niet te geloven. Wilde hij me daarom per se bij zich houden?'

'Ja. Het is wel logisch ook. Alleen ging het te snel. Jij kwam hier te vroeg, bedoel ik. Kepler wilde het in zijn eigen tempo laten gebeuren. Hij wist van Maxim, hij vertelde me zelf hoe gevaarlijk hij is. Hij was op zijn hoede voor Maxim en wilde heel voorzichtig te werk gaan.'

'Maar waarom zei hij dan tegen Valeriaan dat ik zijn zoon was?'

'Hij kon niets anders bedenken om je te redden. Hij wist dat je de goede leeftijd had en daarom zei hij het enige tegen Valeriaan wat je leven kon redden, en dat pakte goed uit. Maar al die tijd had hij zijn eigen plannen met jou. Hij wilde met je naar het paleis, want zo kon hij je gebruiken om de machtspositie te krijgen die hij hebben wilde.'

Zwijgend zat Boy een poosje na te denken. Hij nam een beslissing en keek Wilg aan.

'Het maakt geen verschil,' zei hij resoluut. 'Het enige belangrijke is dat ik niet van plan ben om keizertje te spelen. Wij...' Hij zweeg abrupt.

'Wat?' riep Wilg.

Over haar schouder staarde hij naar iets achter haar. 'Wilg!' Hij stikte bijna. Hij verroerde geen vin.

Wilg voelde de angst in zijn lichaam. Ze draaide zich langzaam om in zijn armen en zag het.

Het Fantoom.

Het Fantoom stond in de deuropening. Hij keek strak in hun richting, legde een vinger tegen zijn lippen en likte eraan. Boy zag dat er bloed aan de vinger kleefde – zíjn bloed.

De griezel deed een stap naar voren, en voor het eerst kon Boy bij het lamplicht in de kamer duidelijk zijn gezicht zien. Eindelijk begreep hij waarvan hij zo was geschrokken op die avond toen hij in de onderaardse gangen van het paleis het Fantoom tegen het lijf liep, wat er mis was geweest met de ogen van die griezel. Het waren zijn eigen ogen.

Zijn broer. Zijn mismaakte monsterlijke broer.

Boy en Wilg wachtten op de aanval, maar het Fantoom deed nog niets. Hij hield zijn blik strak op Boy gericht en het leek alsof Wilg niet bestond voor hem.

Oog in oog stonden ze elkaar aan te staren, de jongen en het misbaksel. Boy keek hem diep in de ogen. Achter het tragische gezicht, achter de waterige grijze film over de ogen zelf, probeerde hij door te dringen tot de kern van het Fantoom.

Leefden er gedachten in dat hoofd? Echte gedachten? Of waren er alleen impulsen: doden, eten, vluchten?

Zijn broer kon toch niet alleen maar leeg en slecht zijn?

Boy haalde diep adem en glimlachte. Hij deed een stap naar voren en stak zijn hand uit.

Het Fantoom keek terug, met zijn hoofd een beetje schuin, als een hond die iets overweegt. Hij likte nogmaals aan het bloed aan zijn vingers en kwam langzaam naar voren.

Voetstappen bonkten over de trap en Kepler stormde de kamer in. 'Nee!' krijste hij en hij stortte zich op de rug van het Fantoom.

Het Fantoom was er niet op verdacht en sloeg tegen de grond, sleurde Kepler mee in zijn val en stootte de tafel met de lamp om. De lamp viel aan diggelen, de olie stroomde weg en vloog plotsklaps in brand. De kamer werd verlicht door vlammen die hoog opflakkerden tegen de zijkant van de omgevallen tafel.

Wilg schreeuwde.

Boy schreeuwde ook. 'Nee!'

Maar het was te laat. Het Fantoom krabbelde op en viel Kepler aan, die in ieder geval nog gewapend was met een mes.

Met afschuw zag Boy de twee figuren worstelen. Ze wankelden als een lichaam rond en struikelden achterwaarts tegen de brandende tafel, die onmiddellijk de lompen van het Fantoom in vlam zette. Hij krijste van pijn en haalde zo woest naar Kepler uit dat hij de geleerde achteruit het balkon op mepte.

'Nee! Hou op! Hou op!' gilde Boy, maar het hielp niet.

Het Fantoom stampte achter Kepler aan en was bij hem op het moment dat de geleerde weer overeind wilde komen. In zijn razernij sloeg het Fantoom hem zo hard dat ze allebei hun evenwicht verloren en naar de balustrade tolden. Boy en Wilg moesten vol afgrijzen toezien hoe beide figuren over de balkonrand stortten.

Boy holde het balkon op en zag nog net hoe de brandende gedaanten als een komeet door de sneeuwnacht te pletter vielen op de tegels van de binnenplaats onder hen. Ze bleven roerloos liggen.

'Nee!' schreeuwde hij, zonder dat het hem kon schelen of het hele paleis hem hoorde. 'Nee!'

Wilg rende naar hem toe en keek naar beneden. Ze begroef haar gezicht in Boys hals.

Boy sloeg zijn arm om haar heen. 'Ga mee,' zei hij. Zijn stem klonk kalm en sterk.

Wilg keek naar hem op.

'Het is tijd om hier weg te gaan,' zei hij, 'maar eerst moeten we nog één ding doen.'

Wilg knikte.

Het boek.

Ze draaiden zich om en keken naar de plek op de grond waar het boek lag, vlak bij de brandende tafel. Het boek dat dood en verderf had gezaaid.

Samen knielden ze bij het boek neer. Ze wisten precies wat ze ermee wilden doen, maar het was geen koud kunstje. Het leek alsof het boek vijandigheid uitstraalde en hen afweerde, alsof het wist wat ze van plan waren. Ze begonnen te sidderen toen ze het ding tussen zich in optilden en merkten dat het opeens veel zwaarder aanvoelde dan eerst.

'Misschien...' begon Wilg, maar Boy schudde zijn hoofd.

'Nee,' zei hij vastberaden. 'Het moet afgelopen zijn.'

Ze deden het boek open en waaierden de bladzijden in de vlammen van de brandende tafel.

'Sterf,' zei Boy heel zachtjes. 'Sterf.'

Maar het boek wilde niet branden. De vlammen likten rakelings langs de bladzijden en de kaft zonder er vat op te krijgen. Het was alsof het boek ongevoelig was voor vuur.

'Het brandt niet!' riep Wilg uit. 'Het gaat niet!'

Doodsbang keken ze toe, alsof ze bezig waren iemand te vermoorden. Het boek lag onbeschadigd in de vlammen en joeg hun nog meer angst aan.

'Het brandt niet...' riep Wilg weer.

'Jawel!' zei Boy. 'Kijk! Ik geloof...'

Hij had gelijk.

Het boek siste alsof het van vochtig berkenhout was. Het knetterde en ziedde en spuugde vonken in hun richting, maar het vatte vlam.

'Weg ermee!' schreeuwde Boy. 'Weg ermee!'

Het boek brandde.

Het geknetter laaide op en Boy en Wilg deinsden achteruit toen de oude, besmeurde, gore, met inktletters bedrukte bladzijden eindelijk echt vlam vatten. Pagina na pagina vloog in brand. Een prachtige oranje steekvlam sloeg omhoog uit het boek en deed het papier zwart omkrullen voor het in hete vonken en vlokken as uit elkaar viel.

Bij elke pagina die verteerde voelden Boy en Wilg zich lichter en minder bang worden.

Nu stond ook de band in brand, en het leer verging in stinkende rookwalmen die hun ogen deden tranen.

'Sterf,' fluisterde Boy. 'Weg ermee.'

Wilg pakte Boys hand vast.

'Het wordt tijd dat wij ook weggaan,' zei ze.

En ze gingen.

3

Boy en Wilg liepen door de straten van de stad. Ze hadden het gevoel dat ze hier in geen jaren gelopen hadden, al was het in werkelijkheid maar een kwestie van dagen. Er was zoveel gebeurd.

Nog steeds sneeuwde het, maar de buien waren minder hevig. Er gingen al geruchten over voedselschaarste, en de mensen waren met grimmige gezichten op weg om te doen wat ze moesten doen op die bitter koude ochtend in januari.

Nadat ze het paleis waren ontvlucht, hadden ze het aangedurfd om de nacht door te brengen in Keplers huis. Hun ontsnapping was gemakkelijker gegaan dan ze gedacht hadden. Vanuit de hofzaal verspreidden chaos en verwarring zich door het hele paleis, met overal slachtoffers van het Fantoom, soldaten die op Maxim joegen en Frederick die boven op zijn troon bevelen stond te blaffen. In al die waanzin konden ze ongezien de Zuidertoren uit komen. Ze waren over de reeks binnenplaatsen gerend tot ze bij een van de buitenmuren kwamen.

Toen moesten ze nog aan de andere kant van de muur zien te komen en de sneeuw werd hun redding. De ironie daarvan ontging Boy niet. Hij had ernaar gehunkerd om door de sneeuw alles te kunnen vergeten en uiteindelijk was het toch nog de sneeuw die hen redde, al was het dan op een heel praktische manier. Vanaf de bovenkant van de paleismuur zagen ze een enorme berg sneeuw tegen de muur op de helling waarop het paleis was gebouwd. Hand in hand maakten ze de sprong van hun leven en ze buitelden zo zacht de dikke, glooiende sneeuwbank af alsof ze over een veren dekbed gleden.

Toen ze het paleis achter zich lieten en de rivier overstaken, zagen ze dat de Oude Zuidertoren in brand stond. De vlammen laaiden hoog op tegen de met sneeuw bespikkelde avondhemel en tussen de dwarrelende sneeuwvlokken dansten vonken.

'Dat is het einde van het boek,' zei Wilg.

'Ja,' beaamde Boy. 'Het kan geen ellende meer veroorzaken.'

Wilg glimlachte en hield zijn hand vast. 'Wat is er?' vroeg ze.

'Misschien vergissen we ons wel in hem,' zei Boy. 'Misschien was hij helemaal niet zo'n monster. Als hij vanaf het begin goed behandeld was...'

'Je broer?'

Boy knikte.

Wilg dacht ergens anders aan.

'Hij heeft geprobeerd je te redden, weet je. Misschien gaf hij ook wel echt om je.' Ze bedoelde Kepler.

'Nee,' zei Boy en hij schudde zijn hoofd. 'Hij wilde me alleen maar... me alleen maar levend in handen hebben om zijn zin te krijgen.'

'Oh!' riep Wilg uit en ze draaide zich om en greep zijn beide handen stevig vast.

'Wat?' vroeg Boy. 'Wat is er?'

'Het boek!' zei Wilg. 'Ik heb nog iets in het boek gezien.'

Ze zag Boy schrikken.

'Wat dan?' vroeg hij. 'Wat zag je dan?'

'Je naam!'

'Nee!' riep Boy uit. 'Nee, niet zeggen! Ik wil het niet meer weten.'

'Maar Boy...' zei Wilg.

'Nee, ik wil het niet weten! Ik ben gewoon Boy, meer niet. Meer wil ik ook niet zijn.'

'Maar Boy, je begrijpt het niet. Wat ik gezien heb. In het boek zag ik Sofia, je moeder, die met je vluchtte. Het ging allemaal heel snel. Ze wist dat ze met je moest vluchten, dus ontsnapte ze uit het kasteel en ging ze het platteland op. Maar ze had niet eens tijd gehad om je een naam te geven.'

'Dus ik heb nooit een echte naam gehad?' vroeg Boy. Hij leek er kalm onder, er was nu geen woede en verdriet meer in hem.

'Nee,' zei Wilg. 'Nee. Maar in het boek hoorde ik je moeder wel aldoor tegen je praten toen ze op de vlucht was met jou in haar armen. Ze praatte en praatte maar, suste je gehuil, ze was heel lief en ze zei steeds: "Jongen van me, mijn lieve jongetje, mijn eigen kleine Boy." Boy.'

Boy ging dichter bij haar staan. Wilg trok hem tegen zich aan en keek hem diep in de ogen.

'Boy. Zo noemde ze je,' zei ze. 'Dat is ten slotte dus toch je echte naam. Boy.'

Ze sloeg haar armen om hem heen en hield hem stevig vast tot zijn tranen waren opgedroogd.

Nu, in het schemerlicht van de volgende ochtend, gingen ze weg. Ze hadden een aardig spaarpotje in de studeerkamer gevonden en pakten kleren en dekens en Keplers kostbaarheden in twee grote tassen. Meer namen ze niet mee, maar het was meer dan een van beiden ooit eerder had gehad en ze wisten dat het meer dan genoeg zou zijn.

'Ze komen je vast niet meer zoeken,' zei Wilg. 'Alles en iedereen is hier in de war.'

'Ja,' zei Boy, 'maar dat is niet de enige reden dat we weggaan.'

'Het idee dat Frederick zo wanhopig graag een opvolger wilde hebben… en al die tijd was jij er, vlak onder zijn neus! Nu zijn jij en ik de enigen die het weten.'

Ze moest lachen.

'Wat is er?' vroeg Boy.

'Denk je eens in. Jij bent de erfgenaam van het keizerrijk. En als we dat aan iemand zouden vertellen, zou niemand ons geloven!'

Ze bleef staan. 'Weet je het wel zeker, Boy? Echt helemaal zeker?

Je kunt stinkend rijk worden. En machtig!'

Boy keek haar aan. 'In dat gekkenhuis? Met die idioten? Nee, Wilg, wij hebben geen geld en macht nodig. We hebben elkaar en we hebben gewoon net genoeg geld nodig om ons te kunnen redden. En dat zal ons ergens anders vast beter lukken.'

Ze liepen verder, op weg naar de stadspoorten.

Ze kwamen langs de fontein van St.-Valentijn. Ze lachten allebei een beetje, maar zwegen tot de fontein ver achter hen lag.

'Waar gaan we eigenlijk heen?' vroeg Wilg, niet voor de eerste keer, toen ze bij de Noorderpoort kwamen.

Ze stonden op de drempel.

Achter hen lag de grote, grillige, bouwvallige, verschrikkelijke, prachtige stad, eigenlijk de enige woonplaats die ze ooit gekend hadden. Hun hele verleden lag daarin besloten. Voor hen lag het onbekende dat schuilging in de leegte en witheid van een besneeuwde toekomst.

'Ik weet het niet,' zei Boy.

'We kunnen naar Linden gaan. Tenslotte ben jij eigenlijk ook een Beebe.'

'Na wat we in hun kerk hebben aangericht? Lijkt me geen goed idee. En bovendien denk ik dat ik het aldoor helemaal verkeerd zag toen ik zo graag mijn afkomst wilde weten. Als ik naar Linden ging, zou ik weer die fout maken. Laten we maar vooruit kijken, naar de toekomst. Zullen we?'

Ze trokken hun jassen dicht om zich heen en liepen door de poort op het smetteloos witte platteland af, en op dat moment hield het op met sneeuwen. Boven hen brak de lucht open en het zwakke, maar verwarmende licht van de winterzon viel over hun pad.

Epiloog

Middernacht aan het hof van keizer Frederick III. De hofzaal is verlaten. De keizer is zo te zien helemaal alleen. Hij zit op zijn troon en hij piekert. 'Maxim!' snerpt hij met zijn hoge, akelige stem. 'Goeie goden, Maxim, waar zit je?'

Hij maakt een handgebaar in de duisternis en huidschilfertjes dwarrelen door het duister van de hofzaal.

'Maxim, ik heb je nodig! Jij begrijpt ook nooit iets. Soms denk ik dat je me het liefst zou willen vermoorden! Hoor je me? Je weet niet half hoe moeilijk ik het heb. Je moet me beter helpen, Maxim. Je moet meer begrip opbrengen. Ik heb een oplossing nodig, Maxim. Ja! En die ga jij voor me vinden. Maxim, luister je? Maxim! Maxim!'

De keizer zit in de duisternis te roepen en in zijn waanzin vergeet hij alles, maar dan ook alles.

Hij vergeet dat alles anders is geworden, hij vergeet wat er gebeurd is, hij vergeet wat hij bevolen heeft.

En diep onder de keizer, vastgeketend aan een ruwe stenen muur onder aan de donkere trap waar de tragische zoon van de keizer in het verborgene leefde, ligt Maxim met zijn ogen te knipperen in de duisternis.

'Dans, lieve mensen, dans
voordat je de donkere trap afdaalt.'

Marcus Sedgwick

Het boek van de dode dagen

ISBN 90 00 03599 6
NUR 284

Het boek dat aan *De donkere trap* vooraf ging

Het was twee uur voor middernacht. Boy zat opgekruld in de kist.
Zoals gewoonlijk sliepen zijn benen, afgekneld als ze werden in de kleine donkere ruimte die in de buitenkist verborgen zat. Boven hem hoorde hij Valeriaan zijn kunsten vertonen. Voor Boy klonk de stem ver weg en hij probeerde te berekenen hoe lang het nog duurde. Hij mocht zijn wachtwoord niet missen; dat zou een ramp zijn. Maar Boy wist dat hij zich niet echt ongerust hoefde te maken. Hij had vaker geprobeerd om het precieze moment te berekenen, maar hij raakte steeds weer de tel kwijt en bovendien hoefde hij het niet te weten – het wachtwoord was niet mis te verstaan.

De dagen tussen kerst en nieuwjaar zijn dode dagen, waarin de geesten vrij spel hebben en de magie zich pal onder de oppervlakte van ons leven roert. In de dode dagen kan veel gebeuren...

Marcus Sedgwick woont in Sussex. Hij werkte tien jaar lang op een kinderboekenuitgeverij en daarvoor in een boekwinkel. Zijn grote passie naast het schrijven is beeldhouwen en hij is ook nog houtgraveur.

'Een geheimzinnig verhaal dat slechts langzaam zijn geheimen prijs geeft.' *Bibliotheek Vlaanderen*

'Aangenaam Dickens-achtig boek dat ook veel volwassenen zal aanspreken.' *Elf Fantasy Magazine*

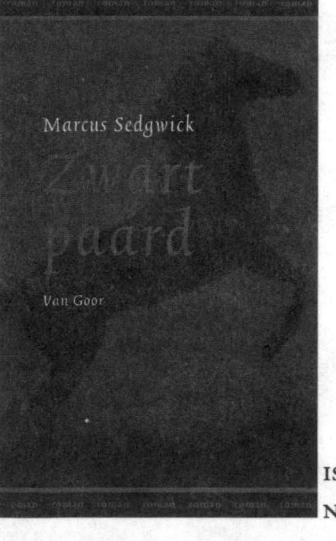

Marcus Sedgwick

Zwart paard

ISBN 90 00 03463 9
NUR 284

Het was Muis die het kistje vond. Het was hier niet op z'n plaats. Hier was de diepe stilte van de kust; de uitlopers van de rotsen, met daarachter de heuvels, en voor hen de zee, de eeuwige zee. Dit was de wildernis van Storn. En in die wildernis stond een kistje. Een kleine houten kist – niet meer dan een paar handen breed, van dun hout. Er was geen metaal te zien – geen scharnieren of hoekstukjes. Geen slot. Een eenvoudig houten kistje dat toch merkwaardig mooi was. Het was van een diepe, warmrode houtsoort, hier en daar zwart doorvlamd. Het hout had een gloed waarin het licht van de hemel weerspiegelde en terugkaatste naar het ronde gezichtje van Muis.

'Muis?' zei Sigurd. 'Wat zie je?'

Sigurd was eraan gewend op de signalen te letten, voelde beter dan wie ook aan dat Muis misschien iets 'zag'. Maar ze legde haar hand op zijn arm.

'Nee,' zei ze. 'Het is alweer weg.'

Muis haalde diep adem om kalm te worden. Ze vestigden hun aandacht weer op het kistje, maar Muis bleef afstand bewaren. 'Wat is het, denk je?'

Sigurd zei niets. Hij knielde om het aan te raken, maar heel voorzichtig, alsof het een in het nauw gedreven dier was.

In een verre tijd, in een ver oord, leidt het volk van Storn een rustig bestaan. Het leven bestaat uit vissen en werken op het land. Maar dan komt de dag van de wolvenjacht. Op die dag verandert alles voorgoed. Sigurd redt een klein, verwaarloosd, huilend meisje – eerder een wolfje tussen de wolven dan een mensenkind. Ze noemen haar Muis, maar wie is ze? Wat is haar geheim? Jaren later komen ze erachter. De schokkende ontdekking van Muis' afkomst stort het volk van Storn in een onontkoombare, wrede geschiedenis.

Intrige, gevaar en verraad wervelen door de spannende wereld die Marcus Sedgwick in dit uitzonderlijk mooie boek weet op te roepen. Meeslepend vertelt hij over een meisje dat bij de wolven wordt weggehaald, een verzegelde kist die door slechts één persoon geopend kan worden, een geheimzinnige vreemdeling aan het einde van zijn zoektocht, en een jongen die voorbestemd is zijn 'clan' aan te voeren.

Zwart paard werd genomineerd voor de Guardian Children's Fiction Award en de Carnegie Medal.

'Het lukt Sedgwick moeiteloos om zijn lezers mee te slepen in een spannend verhaal over een tijd waarin het leven bestond uit overleven.' *Leeuwarder Courant*